THIS MUST BE LOVE 1

Titre original : *Play the Tape Again Vol.1*

Traduction du coréen : Claire Lair (Studio Charon)
Correction, maquette et lettrage : Studio Charon
Suivi éditorial : Mathilde Péru

1, rond-point du Général-Eisenhower, 31101 Toulouse Cedex 9, France
editionsmilan.com

Dépôt légal : janvier 2025 • ISBN : 978-2-408-05588-2
Achevé d'imprimer au 4e trimestre 2024 en Slovaquie par Polygraph
Plus d'information sur la fabrication de nos livres :
editionsmilan.com / comment-fabriquons-nous-nos-livres

Cet ouvrage a été réalisé avec le soutien
du Conseil régional d'Occitanie
et d'Occitanie Livre & Lecture.

DODO • LEE EUM-SAE

THIS MUST BE LOVE 1

YAM·YAM milan

BROUHAHA
BROUHAHA
ON AIR
EN 1987, TANDIS QUE LES VENTS D'AUTOMNE FINISSAIENT D'EMPORTER LES DERNIÈRES FEUILLES...
WOO JAE-AH DISPARUT, NE LAISSANT DERRIÈRE LUI QU'UN SEUL ALBUM.
BAN HANA !
WOUHOUU !
This must be love
Woo Jae-ah
CET ARTISTE A PROFONDÉMENT INFLUENCÉ LA NOUVELLE ÈRE DE LA MUSIQUE POP CORÉENNE...
This must be love
Woo Jae-ah

GRÂCE À SA MAÎTRISE DE L'ÉCRITURE, DE LA COMPOSITION ET DE LA PRODUCTION DE CHANSONS.
WOO JAE-AH, CE GÉNIE MUSICAL AUX MÉLODIES SENTIMENTALES, NOUS A LÉGUÉ CETTE CHANSON PORTANT LE MÊME TITRE QUE SON ALBUM.
FFT
VOUS ÉCOUTEZ "THIS MUST BE LOVE".
FWIP
CLIC
CLIC
This must be love

CLIC
This must be love
Woo Jae-ah
Vous écoutez FM4U
Présenté par Ban Hana
Woo Jae-ah - This must be love
Choi Boyoon le 24/11/2019 à 20h00
Ça ne serait pas l'artiste qui a reçu des éloges de JP ?
Kim Gamsung le 24/11/2019 à 20h00
Ouah ! Les paroles sont magnifiques !
Park Youngjun le 24/11/2019 à 20h00
Ça m'a mis les larmes aux yeux...
Vous écoutez FM4U
Présenté par Ban Hana
Woo Jae-ah - This must be love
Kim Gamsung le 24/11/2019 à 20h00
Ouah ! Les paroles sont magnifiques !
Park Youngjun le 24/11/2019 à 20h00
Ça m'a mis les larmes aux yeux...
Kim Taeyeon le 24/11/2019 à 20h00
Tu sors quand ton prochain album, Hana ?

Photos
Calendrier
Boutique
J'y travaille !
Vous écoutez FM4U
Présenté par Ban Hana
Woo Jae-ah - This must be love
Shin Eunbyeol le 24/11/2019 à 20h01
On l'attend avec impatience ! Courage !
Kim Hunhee le 24/11/2019 à 20h01
J'ai hâte de l'entendre !
Im Hyogon le 24/11/2019 à 20h01
Ce sera une chanson d'amour ?
Vous écoutez FM4U
Présenté par Ban Hana
Woo Jae-ah - This must be love
Kim Hunhee le 24/11/2019 à 20h01
J'ai hâte de l'entendre !
Im Hyogon le 24/11/2019 à 20h01
Ce sera une chanson d'amour ?
Kim Sarang le 24/11/2019 à 20h01
Les meilleures chansons d'amour sont souvent écrites lorsque l'on est soi-même amoureux...

KBC mini
EN DIREC
Vous écoutez FM4U
Présenté par Ban Hana
Woo Jae-ah - This must be love
Im Hyogon le 24/11/2019 à 20h01
Ce sera une chanson d'amour ?
Kim Sarang le 24/11/2019 à 20h01
Les meilleures chansons d'amour sont souvent écrites lorsque l'on est soi-même amoureux...
Jeong Haejin le 24/11/2019 à 20h01
Vous pensez qu'elle est en couple ?
HEIN ?!
EN DIRECT
Photos
Calendrier
Boutique
PAS DU TOUT.

BROUHAHA
BROUHAHA
Par ici !
BAN HANA !
TON ÉMISSION ÉTAIT SUPER ! RENTRE BIEN, HANA !
Faites-lui de la place, s'il vous plaît !
BROUHAHA
J'ADORE CE QUE TU FAIS, HANA !
TIENS, C'EST POUR TOI.
FWOOP
FWOOP
PRENDS ÇA, AUSSI.

ET ÇA !
MOI AUSSI !
WHOOSH
HANA, ATTRAPE !
FWOOSH
AAAH... !
ATTENTION !!

GNIP
Ouah ! Bien rattrapé !
Il est drôlement beau...
FFT
BLUSH
PAF PAF
OH...!

?!
ÇA VA, HANA ? VIENS, IL NE FAUT PAS TRAÎNER.
Aimer qui nous sommes
Le produit miracle de Ban Hana
HÉ HÉ ! LA PHOTO REND BIEN. LE MAQUILLAGE FAIT VRAIMENT DES MERVEILLES.

RRRR
...!
Monsieur Ji
RAH, QU'EST-CE QU'IL ME VEUT ENCORE ?
JE PASSAIS UNE BONNE JOURNÉE...
BONJOUR, MONSIEUR JI !
À PROPOS DE LA PHOTO QUE TU AS POSTÉE TOUT À L'HEURE...
D'ACCORD, JE L'EFFACERAI !

TU NE ME DEMANDES PAS POURQUOI ?
ÇA DOIT SÛREMENT ÊTRE À CAUSE DES HATERS.
À COMPTER DE MAINTENANT, TU AS INTERDICTION DE POSTER QUOI QUE CE SOIT SUR TES RÉSEAUX.
POURQUOI ?!
BUS
TU M'EXPLIQUES CE QUE SONT LES "FRUITS DE MÈRE" ?
VROOOM
VOUS SAVEZ, LES CRABES, LES CREVETTES, CE GENRE DE CHOSES.
C'EST "MER" COMME L'OCÉAN, PAS "MÈRE", IMBÉCILE !
HA HA HA ! C'EST LA FAUTE D'ORTHOGRAPHE LA PLUS RIDICULE QUE J'AI JAMAIS ENTENDUE !
HOC
JE T'INTERDIS DE TE MOQUER !

Fruits de mer
Fruits de mer
Fruits de mer
Fruits de mer
SUNGKYU, JE T'EN SUPPLIE, PASSE DANS UNE LIBRAIRIE ET ACHÈTE-LUI UN DICTIONNAIRE !
D'ACCORD.
Fruits de mer
Fruits de mer
HAA...
!
BRR BRR
Ban Hana lorsqu'elle reçoit des cadeaux
Après son ém radio aujourd Hana a été s par des cad sa réaction amusante.
C'EST QUOI CETTE PHOTO ?!
BRR BRR
Ban Hana lorsqu'elle reçoit des cadeaux
Après son émis radio aujourd' ana a reçu des c a réaction éta hilarante.
RAAH... DÉCIDÉMENT, C'EST PAS MA JOURNÉE !
QU'EST-CE QU'IL Y A ?

HAA… C'EST TELLEMENT LA HONTE.
CRiii
VROOOOM
WHOOSH
ELLE SORT D'OÙ CETTE VOITURE ?!
CE TYPE EST COMPLÈTEMENT TIMBRÉ ! TU VAS BIEN ?
J'AI L'AIR D'ALLER BIEN, SELON TOI ?
?!

HEIN ? UN WALKMAN ?
D'OÙ EST-CE QU'IL SORT ?
IL DEVAIT FAIRE PARTIE DES CADEAUX QU'ON M'A OFFERT TOUT À L'HEURE.
JA
CES TRUCS SONT DES ANTIQUITÉS.
TUT TUT
H... HEIN ?!

TUUUUUUT
CLIC
GZZING

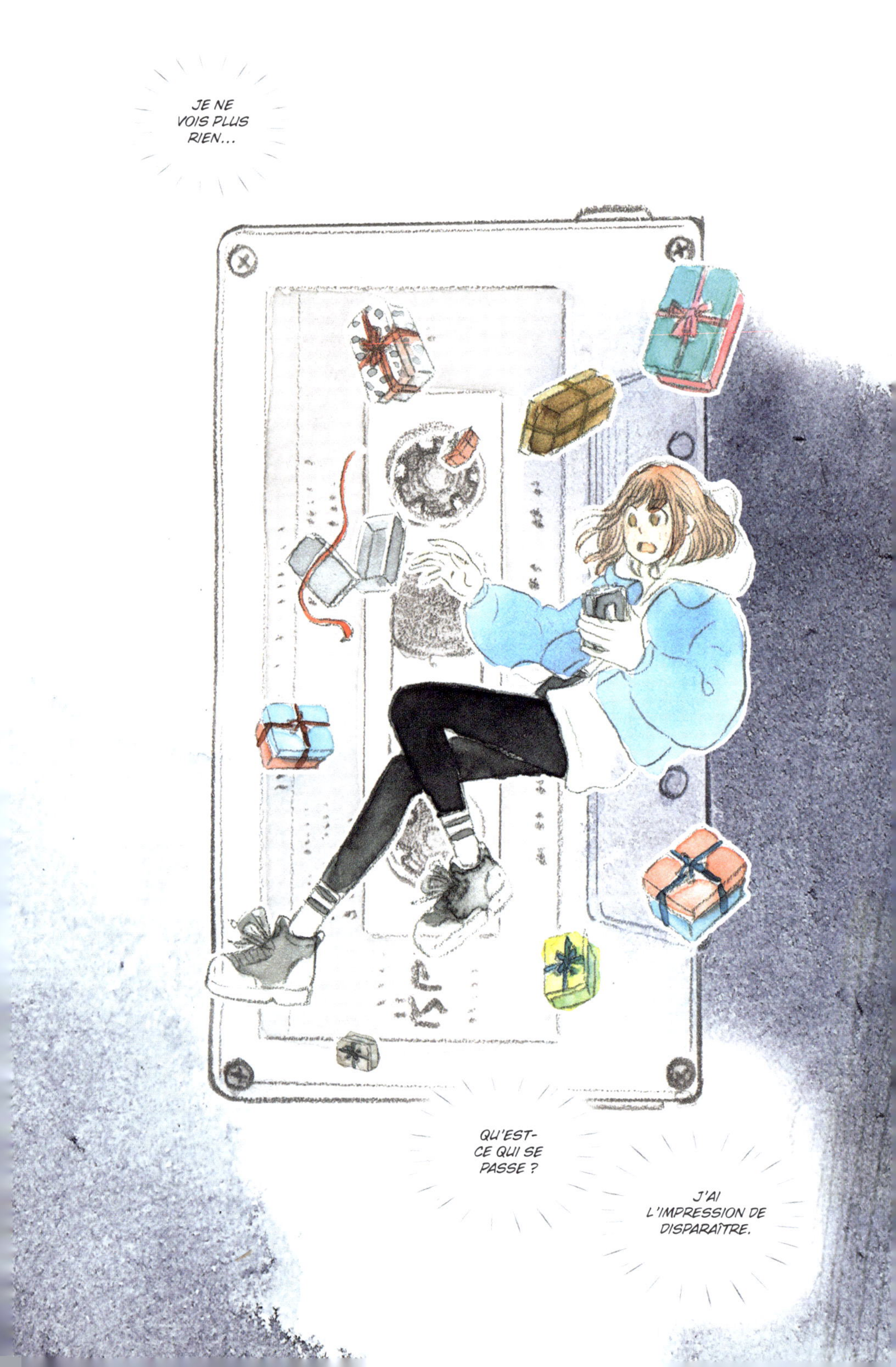
JE NE VOIS PLUS RIEN…
QU'EST-CE QUI SE PASSE ?
J'AI L'IMPRESSION DE DISPARAÎTRE.

HEIN ? MAIS QU'EST-CE QUE JE FAIS ICI ?
FWIP
NOUS VENONS TOUT JUSTE D'AVOIR UN ACCIDENT DE VOITURE...
COMMENT ÇA SE FAIT QUE JE N'AI RIEN ?!

ET OÙ EST SUNGKYU ?!
SUIS-JE EN TRAIN DE RÊVER ?
OUI, ÇA DOIT ÊTRE ÇA.
C'EST LA SEULE EXPLICATION LOGIQUE À CE QUI SE PASSE.
GWOO
SI CE N'EST PAS UN RÊVE, ÇA VOUDRAIT DIRE QUE…
AÏE !
OH NON…
EST-CE QUE JE SUIS MORTE ?!
QUI ES-TU ?

QUI ES-TU ?
VOUS POUVEZ ME DIRE OÙ NOUS SOMMES ?
À HAPJEONG, POURQUOI ?
QUOI ?! J'ÉTAIS SUR LE PONT DE CHEONGDAM IL Y A À PEINE QUELQUES SECONDES...!
!
JA

GNIP
EH, MAIS C'EST PAS LE WALKMAN QUE TU CHERCHAIS ?
TU ES À LA BOURRE. PRENDS-LE ET VAS-Y VITE !
AH... EUH...
D'ACCORD !
ALLEZ, DÉPÊCHE-TOI !
ATTENDEZ ! CE WALKMAN M'APPARTIENT, C'ÉTAIT UN CADEAU...

EH ! IL EST À MOI !
ON ME L'A OFFERT !
RENDS-LE-MOI !!
TADADAC
CETTE FILLE N'A PAS L'AIR D'AVOIR TOUTE SA TÊTE.
TADADAC
PUISQUE JE TE DIS QU'IL EST À MOI !
TU M'ÉCOUTES, OUI ?!

!
POURQUOI EST-CE QU'IL Y A AUTANT DE MONDE ?
RAH, ET PUIS ZUT !
FRSH
RENDS-MOI MON WALKMAN !!
CIGARETTES
CHILSUNG
CHILSUNG CIDER
ARRÊT DE BUS
HUFF
HUFF

C'EST PAS VRAI ! IL EST PASSÉ OÙ ?!
TROUVÉ !
TU VAS T'ARRÊTER À LA FIN ?!
VROOOM
BROUHAHA
BROUHAHA
MINCE... EST-CE QU'ILS M'ONT RECONNUE ?
BROUHAHA

FFT
OUAH, JE N'AI VU DES MANCHES BOUFFANTES COMME CELLES-CI QUE SUR LES VIEILLES PHOTOS DE MAMAN.
HALLIM & CO
LOTTE
ET CES DEVANTURES...
VITA-M
POURQUOI TOUT A L'AIR AUSSI VINTAGE ?!
APGUJEONG
JAMSIL

AH, PARFAIT ! CE BUS PASSE PAR CHEZ MOI.
TADADAC
IL A L'AIR VACHEMENT VIEUX... ON DIRAIT UN BUS DE CAMPAGNE.
HEIN ? ILS N'ONT PAS DE LECTEUR DE CARTE ?!
FFT
ESPÈCES 13
INSÉREZ LES PIÈCES ICI
VOUS ATTENDEZ QUOI, MADEMOISELLE ?!
AURIEZ-VOUS UN LECTEUR DE CARTE QUELQUE PART ?
J'AURAIS VOULU PAYER AVEC MON TÉLÉPHONE...
vous vous dépêchez, oui ?!
VROOOM

QUEL GENRE DE BUS N'ACCEPTE PAS LES CARTES ?!
AH, MAIS ATTENDS, MON TÉLÉPHONE !
JE N'AI QU'À PASSER UN COUP DE FIL. JE SUIS SAUVÉE !
HA HA HA HA !
QUOI ?! AUCUNE RÉCEPTION ?!
GWOO

GWOO
BRR
BRR
EXCUSEZ-MOI...
OUI ?!
MON PORTABLE NE VEUT PAS FONCTIONNER, ÇA VOUS DÉRANGERAIT DE ME PRÊTER LE VÔTRE ?
UN... UN PORTABLE ? C'EST QUOI ?
VOUS ÊTES BOUCHÉ ? UN TÉLÉPHONE PORTABLE !
IL Y A UN TÉLÉPHONE LÀ-BAS, SI VOUS VOULEZ...

JE N'AI VU CE TYPE DE TÉLÉPHONE QUE DANS DES MUSÉES...
JE NE SAVAIS PAS QU'ILS ÉTAIENT ENCORE EN SERVICE.
GUIDE TV
1987
30 CTS
BRR
BRR
VOUS ÊTES SÛR QU'IL FONCTIONNE ?
LES 10 COUPES TENDANCES DU MOMENT
PAF
POURQUOI LISEZ-VOUS CETTE ANTIQUITÉ ? CE TRUC DATE DE 1987 !
C'EST LA TOUTE NOUVELLE ÉDITION. JE VIENS DE L'ACHETER CHEZ LE MARCHAND DE JOURNAUX.
POURQUOI ME MENTEZ-VOUS ? C'EST ÉCRIT 1987 JUSTE ICI !
1987
ALORS QU'ON EST EN 2019 !

JE NE MENS PAS, NOUS SOMMES BIEN EN 1987.
PFF… QU'EST-CE QU'IL NE FAUT PAS ENTENDRE.
VOUS NE ME CONNAISSEZ VRAIMENT PAS ? JE SUIS BAN HANA.
BANANA…? NON, J'IGNORE QUI VOUS ÊTES.
ON NE PEUT PAS ÊTRE EN 1987, ÇA N'A AUCUN SENS !
TADADAC
AU SECOURS, CETTE FILLE EST COMPLÈTEMENT FOLLE ! ELLE DIT ÊTRE UNE BANANE !!

BONJOUR !
AH, C'EST TOI !
JIHYE N'EST TOUJOURS PAS ARRIVÉE ? ON S'ÉTAIT DONNÉ RENDEZ-VOUS ICI.
ELLE EST DÉJÀ PARTIE. ELLE AVAIT UN AVION À PRENDRE.
ELLE M'A LAISSÉ ÇA POUR TOI.
FFT

TU DEVRAIS FAIRE ATTENTION, LES FILLES N'AIMENT PAS LES GARS QUI LES FONT TOUJOURS ATTENDRE.
BAM
PAF
REGARDE OÙ TU METS LES PIEDS, GAMIN !
PAR... PARDON...

FFT
POURQUOI EST-CE QU'IL M'ARRIVE...
AUTANT DE PROBLÈMES, AUJOURD'HUI ?
JA

GRMR
HAA... JE FAIS QUOI, MAINTENANT ?
JE SUIS AFFAMÉE...
GROUIIIC
JE SUIS À COURT D'IDÉES.
TOUT CE QUE JE VEUX, C'EST MANGER ET DORMIR.

HAA...
EUH... ÇA NE VA PAS ?
HMM ? J'AI L'IMPRESSION DE L'AVOIR DÉJÀ VU QUELQUE PART.
!
This must be love
Woo Jae-ah

MAIS TU ES...
FWIP
WOO JAE-AH !!
JE N'ARRIVE PAS À Y CROIRE...!
Pourquoi manges-tu ma casquette ?
NJOM NJOM
ON EST DONC VRAIMENT EN 1987 ?!

MAIS COMMENT ?
This must be love
Woo Jae-ah
ET SURTOUT, POURQUOI MOI ?!
QU'EST-CE QUE JE FAIS EN 1987 ?
CE N'EST PAS COMME SI J'AVAIS UN MOYEN DE VOYAGER DANS LE TEMPS...
BRR
BRR
BRR
BRR
Euh... Ma casquette...
!

C'EST PEUT-ÊTRE LE WALKMAN !
QU'AS-TU FAIT DE MA MACHINE À REMONTER LE TEMPS ?
UNE MACHINE À REMONTER... LE TEMPS ?
ARRÊTE DE ME REGARDER COMME SI J'ÉTAIS FOLLE !
BLING
ENFIN, JE PEUX COMPRENDRE POURQUOI TU PENSES ÇA, MAIS CE N'EST PAS LE CAS.
BON, POUR COMMENCER, IL VA FALLOIR QUE TU ME LE RENDES.
TA MACHINE À REMONTER LE TEMPS ?

MAIS NON, LE WALKMAN QUE TU M'AS VOLÉ TOUT À L'HEURE.
JE CROIS QU'IL Y A ERREUR, CE WALKMAN M'APPARTIENT.
D'ACCORD, SI TU LE DIS. TU VEUX BIEN ME LE MONTRER ? J'AIMERAIS VÉRIFIER QUELQUE CHOSE.
IL EST EN RÉPARATION. JE L'AI FAIT TOMBER PAR ACCIDENT.
S'IL TE PLAÎT, DIS-MOI QUE C'EST RÉPARABLE !!

BANDO FASHION
ESQUIRE
LUCKY BREW CAFÉ
TAP
TAP
A... ALLÔ ?
FWIP
TU COMPTES ME SUIVRE ENCORE LONGTEMPS ?
JE TE L'AI DÉJÀ DIT. JE PARTIRAI DÈS QUE J'AURAI RÉCUPÉRÉ MON WALKMAN.
CROIS-MOI, JE NE SUIS PAS ICI PAR CHOIX.
TU SERAIS ÉTONNÉ DE SAVOIR QUI JE SUIS. ATTENDS QUELQUES ANNÉES, ET TU VERRAS.
Pff ! Elle croit qu'elle est une banane ?
MON NOM EST BAN HANA. SOUVIENS-T'EN.
RAH... TU NE POURRAIS PAS TE TAIRE ?

HEIN ?!
POURQUOI EST-CE QUE TU AS RAMENÉ CETTE FOLLE ICI ?
C'EST ELLE QUI M'A SUIVI.
JE N'AI JAMAIS ÉTÉ AUSSI HUMILIÉE.
ELLE DIT VENIR DE L'AN 2019…
ET QU'ELLE A BESOIN DU WALKMAN POUR RETOURNER D'OÙ ELLE VIENT.
C'est une blague ?
ET TU LA CROIS ?!
Moi aussi, j'ai du mal à y croire…
LE PROBLÈME, C'EST QUE JE NE L'AI PLUS.

QUOI ?! MAIS IL EST À TOI ! POURQUOI DEVRAIS-TU LE LUI DONNER ?
J'EN AI PLUS BESOIN.
...
COMME TU VOUDRAS. DONC ELLE PARTIRA SI TU LE LUI DONNES ?
APPAREMMENT, OUI.
SUIS-MOI.
SWIP
!!
TU ME CONDUIS À MA MACHINE À REMONTER LE TEMPS ?
TU SAIS OÙ ELLE EST ?

NON, JE T'EMMÈNE CHEZ LES FLICS POUR QU'ILS APPELLENT TA FAMILLE.
ET AVEC UN PEU DE CHANCE, ILS TE FERONT INTERNER PAR LA MÊME OCCASION !
JE NE SUIS PAS FOLLE !
LÂCHE-MOI AVANT QUE JE M'ÉNERVE !!
Fais gaffe ou je mords !
TU VAS REGRETTER CE QUE TU VIENS DE DIRE !
FFT

VROUUUM
Je t'avais prévenue.
AÏE !!
ON GAGNERAIT DU TEMPS EN APPELANT LA POLICE POUR QU'ILS VIENNENT TE CHERCHER.
WIP
WIP
Bas les pattes !
JE CROIS QUE JE FERAIS MIEUX DE LIRE SA LETTRE. PAS VRAI, SUHO ?

HEIN ? EUH, OUI, LIS-LA !
LÈVE-TOI, ON Y VA !
Non, je refuse !
FFT
PAF PAF
ATTENDS... TU ES JI SUHO ?!
...!
C'EST "MER" COMME L'OCÉAN, PAS "MÈRE", IMBÉCILE !
COMMENT TU CONNAIS MON NOM ?
MAIS BIEN SÛR ! IL N'Y A QUE MONSIEUR JI POUR ÊTRE AUSSI INSENSIBLE ET GROSSIER.
Allez, debout !
PAF
Aah !
PAF

TU VAS PARTIR, OUI ?!
SI TU CONTINUES, JE VAIS VRAIMENT APPELER LA POLICE !
TU N'AS VRAIMENT PAS CHANGÉ… TU AS DONC TOUJOURS ÉTÉ AUSSI BORNÉ !
DE QUOI TU PARLES ?
ARRÊTE TES BÊTISES ET VA-T'EN !
CLAC
PUISQUE JE TE DIS QUE JE NE SUIS PAS FOLLE !

!
!
CLAC
GRRL
QU'EST-CE QUE TU FAIS, JAE-AH ?
J'AI DÉCIDÉ…

D'ARRÊTER LA MUSIQUE.
!!
FWOOSH
COMMENT ÇA ?! TU NE PEUX PAS TOUT LÂCHER !
NON.
FWIP

TU NE PASSERAS PAS.
BOUGE DE LÀ.
PAS TANT QUE TU NE M'AURAS PAS RENDU MON WALKMAN !
J'EN AI ABSOLUMENT BESOIN...
POUR POUVOIR RETOURNER EN 2019.
FFT
BLUSH

ALORS JE T'INTERDIS DE PARTIR.
TA MUSIQUE EST TROP IMPORTANTE POUR QUE TU ABANDONNES AUSSI FACILEMENT.
TU NE ME FERAS PAS CHANGER D'AVIS, SUHO.
IL SE FAIT TARD, ALORS VA TE COUCHER ET ON EN REPARLE DEMAIN, D'ACCORD ?
POF

TOI AUSSI, RENTRE CHEZ TOI !
WIP
WIP
PAF
T'EN AS PAS MARRE DE RACONTER N'IMPORTE QUOI ?
TU FERAIS MIEUX DE PARTIR AVANT QUE J'APPELLE VRAIMENT LES FLICS.
ÇA DOIT ÊTRE ÇA QUI L'A FAIT CHANGER D'AVIS.
FFT
C'EST QUOI ?
LA LETTRE QUE LISAIT JAE-AH TOUT À L'HEURE.

OUVRE-LA !
Tu as toujours été très occupé avec ta musique, alors dès que tu avais un moment de libre…
Je voulais que tu le passes avec moi.
DLING
Je suis terriblement désolée pour ce que je m'apprête à te dire…

Mais je pense qu'il vaut mieux que nous nous séparions.
Peut-être sommes-nous destinés à briller seuls et non ensemble.
Ce sera plus facile pour nous deux si nous acceptons la réalité.
Merci pour tout. Je te soutiendrai toujours.
Prends soin de toi et bonne chance pour la suite.

Au revoir, Jae-ah.
PLIC
PLOC
PLOC
Au revoir, Jae-ah
PLIC

QUOI ?!
ELLE L'A LARGUÉ AVEC UNE SIMPLE LETTRE ?!
ELLE A UN SACRÉ CULOT !
NE PARLE PAS D'ELLE COMME ÇA. JIHYE EST UNE FILLE ADORABLE !
ÇA N'EMPÊCHE QU'ELLE EST PARTIE ÉTUDIER À L'ÉTRANGER EN NE LAISSANT QU'UN MOT À SON PETIT AMI.
TU SAIS, JAE-AH COMPTAIT LUI FAIRE SA DEMANDE POUR QU'ILS SE FIANCENT OFFICIELLEMENT À SON RETOUR.
MAIS IL A FALLU QUE TU DÉBARQUES DE NULLE PART ET QUE TU LE METTES EN RETARD !
C'EST DE MA FAUTE… ?

HAA… IL NE FAUT SURTOUT PAS QU'IL ABANDONNE LA MUSIQUE…
J'IMAGINE QU'IL N'EST PAS ENCORE TRÈS CONNU ?
NE T'EN FAIS PAS POUR ÇA, JAE-AH EST UN GÉNIE ! IL VA SORTIR UN ALBUM ET DEVENIR SUPER CONNU !
ET COMMENT ! IL VA MÊME DEVENIR UNE LÉGENDE !
TU COMMENCES ENFIN À AVOIR L'AIR NORMALE.
PUISQUE JE TE DIS QUE JE NE SUIS PAS FOLLE !!

J'AI ENCORE DES DOUTES À TON SUJET, MAIS JE SUPPOSE QUE C'EST NOTRE SEULE OPTION POUR AIDER JAE-AH…
ALORS JE TE CONFIE SA CHARGE.
MOI ?
TU DOIS TE COLLER À LUI COMME DE LA GLUE, D'ACCORD ? SURVEILLE-LE POUR QU'IL NE S'ENFUIE PAS.
WHOOSH
PENDANT CE TEMPS, JE VAIS RÉFLÉCHIR À UNE MANIÈRE DE LE MOTIVER À RECOMMENCER À FAIRE DE LA MUSIQUE.
JE CROIS QUE TU NE SAISIS PAS BIEN.
MON TEMPS EST PRÉCIEUX, TU COMPRENDS ?
MOU HA HA HA !
TU N'AS PAS L'AIR DE TE RENDRE COMPTE À QUEL POINT JE SUIS CÉLÈBRE.
LA VOILÀ QUI RECOMMENCE…

DE TOUTE FAÇON, TU AS BESOIN DU WALKMAN, NON ?
ARGH!
TCHAC
ET PUIS, TU PRÉTENDS AVOIR NI MAISON NI FAMILLE…
TCHAC
TCHAC
J'IMAGINE QUE TU N'AS PAS D'ARGENT NON PLUS ?
TCHAC
TCHAC
TCHAC
SWISH
ARGH!
SI TU M'AIDES, JE TE FOURNIRAI UN LIT ET DE LA NOURRITURE.
Tu as le droit de refuser.
FWOOSH
J'ACCEPTE SEULEMENT PARCE QU'ON EST EN 1987 !

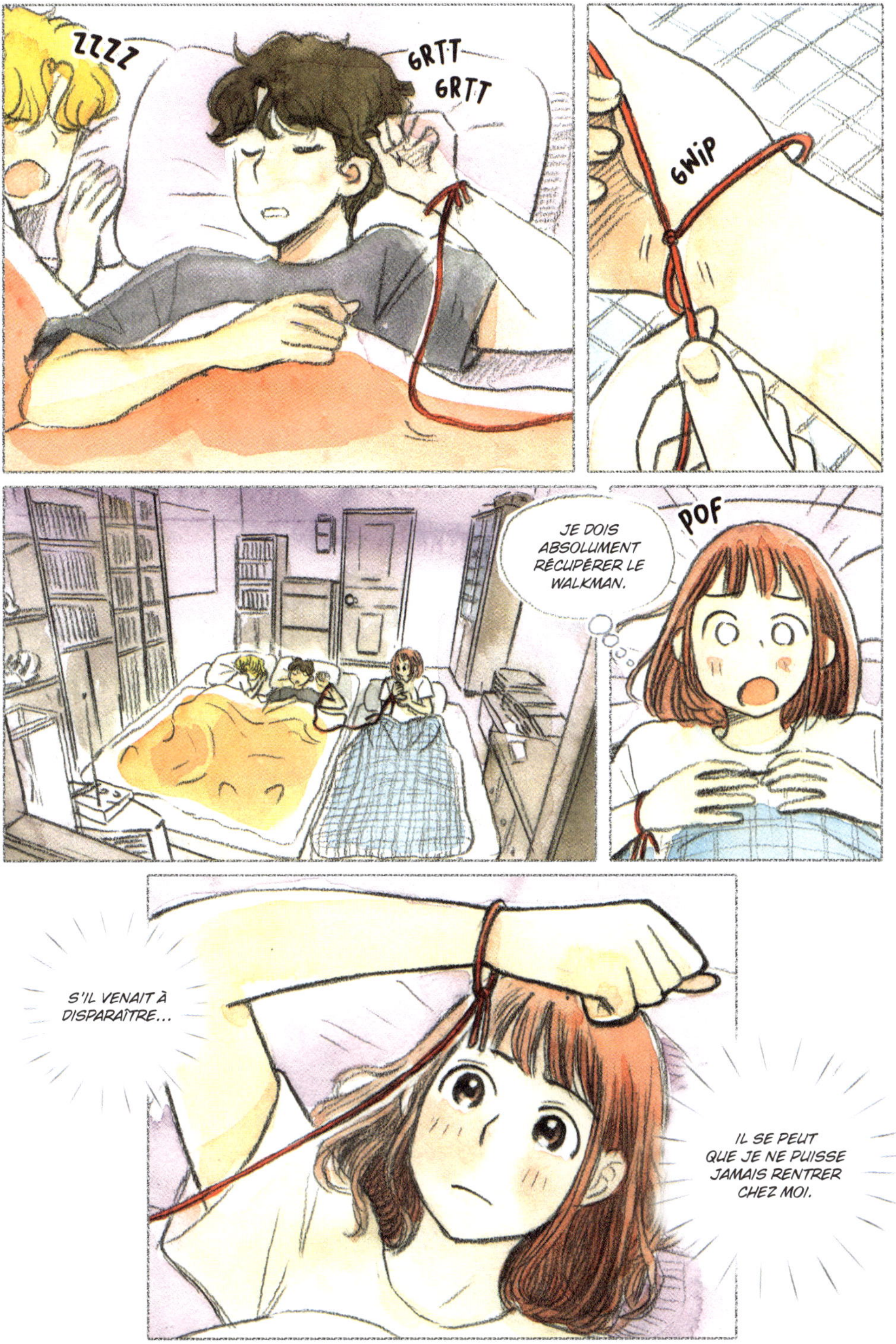
ZZZZ
GRTT
GRTT
GWIP
JE DOIS ABSOLUMENT RÉCUPÉRER LE WALKMAN.
POF
S'IL VENAIT À DISPARAÎTRE...
IL SE PEUT QUE JE NE PUISSE JAMAIS RENTRER CHEZ MOI.

CUI CUI
HMM ?
ZIEUT
CUI
CUI
ZIEUT
CHANSONS DE POCHE
CHANSONS DE POCHE
CHANSONS DE POCHE
CHANSONS DE POCHE
CHANSONS DE POCHE
CHANSONS DE POCHE
GoldStar

HIER ENCORE…
HAA…
JE MENAIS UNE VIE QUE TOUT LE MONDE ENVIAIT.
TOUT LE MONDE S'OCCUPAIT DE MOI TELLE UNE PRINCESSE…
ET MON UNIQUE RESPONSABILITÉ ÉTAIT DE FAIRE DU SPORT.

*NDE : les ramyeons sont des nouilles instantanées coréennes, le plus souvent épicées.

TU N'AS PAS DIT LE MOT MAGIQUE.
ON DIT "S'IL TE PLAÎT, SUHO, DONNE-M'EN UN PEU".
S'IL TE PLAÎT, SUHO...
DONNE-M'EN UN PEU.
ALORS ? TU VAS M'EN DONNER, OUI ?!
SLURP
JE T'AI SEULEMENT DIT DE DIRE LE MOT MAGIQUE...
NIOM NIOM
SLURP
!
J'AI JAMAIS DIT QUE JE T'EN DONNERAI.

CLANG
AAH !
TU PARTAGES MÊME PAS ?!
TU AURAIS AU MOINS PU EN LAISSER À JAE-AH !
IL DÉJEUNE JAMAIS LE MATIN.
OH OH... ON DIRAIT BIEN QU'IL S'EST FAIT LA MALLE.
?!
JE COMPTE SUR TOI POUR LE RAMENER ICI.
TADADAC
EN ÉCHANGE, TU POURRAS RESTER UNE NUIT DE PLUS.

C'EST MON NOUVEAU MANTEAU ! TU N'AS PAS INTÉRÊT À L'ABÎMER !
EH, ATTENDS !
JE T'AI DEMANDÉ DE RESTER AVEC MOI JUSQU'À CE QUE TU ME RENDES LE WALKMAN !
RAAH... COMMENT EN SUIS-JE ARRIVÉE À DEVOIR JOUER LES NOUNOUS ?!
ÇA ME SAOULE !
QUELLE VIE DE CHIEN... !
OUAF
AH...!
T'AS QUOI CONTRE LES CHIENS ?
CIGARETTES

GNIP
ALLEZ, VA, MON PETIT.
RIEN DU TOUT...
JE SUIS SORTI POUR PASSER UN APPEL.
JE PENSAIS ALLER À LA CABINE TÉLÉPHONIQUE DEVANT LAQUELLE TU ÉTAIS HIER.
APRÈS TON APPEL...

TU POURRAS M'EMMENER À L'ENDROIT OÙ TU AS FAIT RÉPARER LE WALKMAN ? ILS ONT PEUT-ÊTRE FINI.
D'ACCORD.
TAP
TAP
FIOU...
HAA...
TU SAIS QUE ÇA FAIT AU MOINS UNE HEURE QU'ON EST ICI ?

PARS LA PREMIÈRE SI TU AS QUELQUE CHOSE À FAIRE.
JE N'AI RIEN D'AUTRE À FAIRE À PART RÉCUPÉRER LE WALKMAN !
JE DIS SURTOUT ÇA POUR TON BIEN, CAR J'AI L'IMPRESSION QUE LES GENS DEHORS COMPLOTENT POUR TA MORT.
Tu exagères...
!
Pourquoi ça n'avance pas ?
HAA...
BROU HAAHA
BROU HAAHA
J'ESSAIE UNE DERNIÈRE FOIS, ET SI SON PÈRE NE DÉCROCHE PAS, JE...
ALLÔ ?
IL Y A QUELQU'UN ?
MAIS ENFIN, DITES QUELQUE CHOSE !!
FFT
GNIP

OUI, BONJOUR, MONSIEUR MIN. JE SUIS UNE AMIE DE JIHYE ET JE CHERCHE À LA JOINDRE. EST-CE QUE VOUS AURIEZ SON NUMÉRO ?
TRÈS BIEN... JE VOIS.
IL N'A PAS VOULU ME LE DONNER.
APPAREMMENT, ELLE A DIT À SA FAMILLE DE NE LE DONNER À PERSONNE.
HAA...

ON PEUT ALLER CHERCHER MON WALKMAN MAINTENANT ?
C'EST LOIN D'ICI ? EST-CE QU'ON DOIT PRENDRE UN BUS ?
...!
ON Y EST.
SILVER ELECTRONICS
!
ÉLECTRONIQUES D'OCCASION
TECHNOLOGIE REMISE À NEUF
SILVER ELECTRONICS

GRRRR
TU TE FOUS DE MOI ?! C'ÉTAIT LITTÉRALEMENT À SIX PAS DE LÀ OÙ ON ÉTAIT !
SILVER ELECTRONICS
NON MAIS VRAIMENT... ! TU NE PERDS RIEN POUR ATTENDRE !
TV
RADIO
RÉPARATION
À DOMICILE
BONJOUR. J'AI DÉPOSÉ UN WALKMAN HIER POUR RÉPARATION, ET JE VOULAIS SAVOIR S'IL ÉTAIT PRÊT.
JE NE VOUS L'AI PAS DIT HIER ?
GZIIING
UNE DES PIÈCES EST COMPLÈTEMENT ENDOMMAGÉE. J'AI PASSÉ COMMANDE, MAIS JE NE LA RECEVRAI PAS AVANT UNE VINGTAINE DE JOURS.
PARDON ?!
Aaah ! Je vais péter un câble !
...!
QUAND EST-CE QUE JE VAIS BIEN POUVOIR RENTRER CHEZ MOI ?
J'EN SAIS RIEN...

HAA...
HAA...
POURQUOI LA RUE EST VIDE ?
BONNE QUESTION.
FSS
ES D'OCCASION
BAM
AAAH !
SILVER
PSSH
OUAAAH !
À BAS LA DICTATURE !
AAH !
C'EST QUOI ENCORE CE BAZAR ?!
!

QU'EST-CE QUI SE PASSE ?!
AUCUNE IDÉE.
TAP
AAH !
PAF
TADADAC
TADADAC

À BAS LA DICTATURE !
AAAH !
AAAH !
KOF !

GNIP
SUIS-MOI.
TADADAC
LIBRAIRIE CENTRALE
LAVE
FIOUT
HUFF
HUFF
C'EST QUI TOUS CES GENS ?
CHUT.
À bas la dictature !

RETIENS TON SOUFFLE.
BABOUM
BABOUM
BABOUM
BABOUM
FFT
FIOU...
BABOUM
BABOUM
C'EST BON, ON NE CRAINT PLUS RIEN.
BABOUM
BABOUM

ZIEUT
ZIEUT
TIMBRES
IMPRESSION
TU PEUX SORTIR, ILS SONT PARTIS.
PLUS TARD…
J'AIMERAIS DEVENIR UNE CHANTEUSE AUSSI CÉLÈBRE QUE YU MIRI.
JE CROYAIS QUE TU N'AIMAIS PAS YU MIRI… L'AUTRE FOIS, TU AVAIS PRÉFÉRÉ ALLER VOIR LES FAUCONS DES MERS À LA PLACE.
LES FAUCONS DES MERS SONT PAS MAL, MAIS YU MIRI EST NON SEULEMENT UNE GRANDE CHANTEUSE, MAIS AUSSI UNE DANSEUSE INCROYABLE !
TU LES CONNAIS ?

C'EST... MA MÈRE.
LA FINALE SE DISPUTERA ENTRE CES DEUX JEUNES DEMOISELLES.
HOURRA !
HOURRA !
NOUS SOMMES TOUS IMPATIENTS DE DÉCOUVRIR QUI SERA LA PROCHAINE SUPERSTAR ET QUI REMPORTERA LE PRIX !
MAIS AVANT ÇA, NOUS AVONS PRÉPARÉ UNE SURPRISE POUR NOS CANDIDATES.

COUCOU MA CHÉRIE ! COMME TU LE SAIS, J'AI TOUJOURS RÊVÉ DE DEVENIR CHANTEUSE, ALORS J'ESPÈRE QUE TU POURRAS RÉALISER CE RÊVE À MA PLACE.
TU ES LA MEILLEURE, HANA !
PLOC
CE JOUR-LÀ, J'AI VERSÉ DES LARMES DE HONTE…

OUIIIN !
COMME C'EST ADORABLE ! HANA A ÉTÉ DRÔLEMENT TOUCHÉE PAR LES MOTS DE SA MÈRE.
MAIS TOUT LE MONDE A CRU QUE JE PLEURAIS SOUS LE COUP DE L'ÉMOTION.
NE PLEURE PAS !
BAN HANA
TOUT VA BIEN !
NE PLEURE PAS, HANA !
Et pour l'antenne...?
On pourrait avoir un mouchoir ?
SNIF
SNIF
À CAUSE DE MA MÈRE, J'AI COMPLÈTEMENT FOIRÉ MA PERFORMANCE.

*NDT : chant traditionnel coréen.

TA MÈRE ??
OUI.
ELLE FAIT TOUJOURS CE MOUVEMENT.
MAIS… ELLE A L'AIR BIEN PLUS JEUNE QUE TOI.
DIS QUE J'AI L'AIR VIEILLE, TANT QUE TU Y ES !
GRR
AH, C'EST VRAI… TU AS DIT QUE TU VENAIS DE 2019.
QUOI QU'IL EN SOIT…
Ne change pas de sujet !
TA… MÈRE CHANTE VRAIMENT BIEN.
QUELS SOUVENIRS DEVRAIS-JE INSCRIRE DANS LES PAGES DE MA JEUNESSE ?
ZIEUT

EH, KIM JEONGMI !!
!
IL Y A TELLEMENT DE CHOSES PLUS INTÉRESSANTES QUE DEVENIR CHANTEUSE !
PAF
CONCENTRE-TOI PLUTÔT SUR TES ÉTUDES !
T'es qui toi ?
CE SONT PLUTÔT LES MÈRES QUI FONT CE GENRE DE REMARQUES À LEURS ENFANTS, EN GÉNÉRAL.
DE QUOI JE ME MÊLE ?
PAF
ÇA TE REGARDE PAS.
GRAVE ! RENTRE CHEZ TOI, LA VIEILLE !
RÉFLÉCHIS-Y BIEN. TU NE GAGNERAS PAS D'ARGENT À MOINS DE DEVENIR TRÈS CONNUE.
JUSTEMENT, JE VAIS DEVENIR CONNUE.
OUI ! ELLE SERA LA PLUS GRANDE STAR DU PAYS !

C'EST LÀ OÙ TU TE TROMPES.
T'ES QUI POUR DIRE ÇA ?
LES ENFANTS SONT CENSÉS ÉCOUTER LES ADULTES, VOUS SAVEZ ?
OUI, T'ES QUI ?
TU ES UNE PIÈTRE CHANTEUSE, ALORS CHERCHE-TOI UN AUTRE MÉTIER, COMPRIS ?!
AH !
...!
SI TU PERSISTES LÀ-DEDANS, TU NE FERAS QUE SOUFFRIR.

ALLEZ VIENS, ON S'EN VA. ÇA SENT MAUVAIS PAR ICI.
T'AS RAISON, FAUDRAIT PAS QUE LA VIEILLE PEAU NOUS CONTAMINE.
!
C'EST QUI QUE TU TRAITES DE VIEILLE PEAU, COMME ÇA ?!
VOUS AVEZ DÉJÀ VU UNE VIEILLE AVEC SI PEU DE RIDES, VOUS ?!
GRMPF
GRMPF
NANANÈRE !
LAISSE-LES, CE NE SONT QUE DES GAMINES.
NON MAIS JE RÊVE ! C'EST TOI QUI OSES ME DIRE ÇA ?!
HAA… DIRE QUE JE SUIS PLUS JEUNE QU'ELLES…
ENFIN BREF…

TU VEUX BIEN ME LÂCHER ?
AH...!
BOM
BOM
AH, MAIS J'Y PENSE ! JE N'AI QU'À TE MONTRER UNE PHOTO DE MA MÈRE.
TU VERRAS QUE JE DIS LA VÉRITÉ.
TU NE PEUX PAS IMAGINER À QUEL POINT J'AI SOUFFERT À CAUSE DE SON STUPIDE RÊVE !
!
J'AI DISPARU.
COMMENT ÇA ?

EN DISANT À MA MÈRE DE RENONCER À SON RÊVE, J'AI DÛ MODIFIER LE COURS DE MON EXISTENCE ET NE JAMAIS NAÎTRE.
POURQUOI IL Y A AUTANT DE CINGLÉS DANS LES RUES EN CE MOMENT ?
RESTAURANT
MA MÈRE M'A DIT QU'HIER, ELLE A VU UNE FEMME EN TRAIN D'HURLER DEVANT UN ARRÊT DE BUS, AFFIRMANT QU'ELLE VENAIT DU FUTUR.
RESTAURANT
C'ÉTAIT PEUT-ÊTRE ELLE.
ATTENDEZ !
...!
HUFF
HUFF
JEONGMI, TU NE DEVRAIS PAS ABANDONNER TON RÊVE AUSSI FACILEMENT.
HUFF
HUFF
FWIP
JE SUIS SÛRE QUE TU DEVIENDRAS UNE CHANTEUSE EXTRAORDINAIRE.

J'AI JAMAIS EU L'INTENTION D'ABANDONNER, JE TE FERAIS DIRE !
ALLEZ, MONTRE-TOI !
GRML
ET PUIS, MÊLE-TOI DE TES AFFAIRES !
OUAIS, DÉGAGE !
T'AS UN PROBLÈME !
VA TE FAIRE SOIGNER !
IL A DISPARU.
QU'EST-CE QUI T'A PRIS ?
HUFF
HUFF
JAE-AH... TON ALBUM...

RESTA
MAIS POURQUOI...?
TU SAIS, JAE-AH, TU NE DEVRAIS VRAIMENT PAS LAISSER TOMBER LA MUSIQUE.
DANS LE FUTUR...
IL FAUT PEUT-ÊTRE QUE JE L'AIDE À RETROUVER ESPOIR ?
HÉ HÉ !
Ça sort d'où ?
TU DEVIENDRAS UN TRÈS GRAND CHANTEUR.
JE PARIE QUE TU DIS ÇA À TOUT LE MONDE.
Tu as dit la même chose à la lycéenne...

NON, AVEC MA MÈRE, C'ÉTAIT DIFFÉRENT…
Pourquoi est-ce que ça ne veut pas réapparaître ?!
TOI…
TU ES UN MAÎTRE DE L'ÉCRITURE, DE LA COMPOSITION ET DE LA PRODUCTION DE CHANSONS. TU VAS COMPLÈTEMENT RÉVOLUTIONNER L'INDUSTRIE DE LA MUSIQUE POP.
This must be love
Woo Jae-ah
DIFFÉRENT EN QUOI ?
IL Y AURA UN AVANT ET UN APRÈS WOO JAE-AH DANS L'HISTOIRE DE LA MUSIQUE POP.
WOOP
C'EST POURQUOI…
HEIN ?
HA HA HA !
HA HA !
RESTA

EH ! TU POURRAIS M'ÉCOUTER QUAND JE TE PARLE !
PHARMACIE
PHAR MACIE
PHAR MACIE
PHARMACIE
PHARMACIE
POURQUOI IL VA À LA PHARMACIE ? IL EST MALADE ?
ET SURTOUT, POURQUOI EST-CE QUE SON ALBUM A DISPARU ?
NE ME DITES PAS QUE…
MON TÉLÉPHONE EST CASSÉ ?!
Allez, réapparaît, bon sang !
TU AS MAL QUELQUE PART ?
PHAR MACIE MÉDICAMENTS

C'EST PAS POUR MOI, C'EST POUR TON GENOU.
!
AAAH !
PAT
PAT
OUILLE !
OUILLE !
OUILLE !
FFF
BLUSH

FSS
S'IL EST AUSSI ATTENTIONNÉ ENVERS MOI, IL L'EST PROBABLEMENT DAVANTAGE AVEC SA PETITE AMIE.
EST-CE QU'IL RECOMMENCERA À FAIRE DE LA MUSIQUE SI CETTE FILLE REVIENT ?
JAE-AH, ÇA Y EST, J'AI ENFIN CE QU'IL TE FAUT !!
DE QUOI TU PARLES ?
HUFF
HUFF

LE MONDE VA ENFIN POUVOIR DÉCOUVRIR TA MUSIQUE. JE T'AI DÉGOTÉ UNE REPRÉSENTATION POUR CE SOIR !
SANS FAÇON.
PAF
JE T'AI DIT QUE J'ARRÊTAIS LA MUSIQUE !
ARGH !
HAA...
FWIP
ALLEZ, JAE-AH, STEUPLÉ !

Rien qu'une fois, tu veux bien ?
WHOOSH WHOOSH
QU'EST-CE QU'IL FAIT ?
IL VA SE FAIRE UN LUMBAGO À FORCE DE DANDINER DES FESSES.
WHOOSH WHOOSH
S'IL VOUS PLAÎT, DONNEZ UN RÔLE À MES PROTÉGÉS, CE SONT DES ACTEURS EXCEPTIONNELS !
POURQUOI MOI ?
WHOOSH WHOOSH
SCRIPT
JE PENSAIS QUE C'ÉTAIT UNE DE SES NOUVELLES MANIES, MAIS IL FAUT CROIRE QUE NON.
TU DEVRAIS AU MOINS MONTER SUR SCÈNE UNE FOIS, TU NE CROIS PAS ?
J'AI DIT NON.
ALLEZ, JAE-AH, RIEN QU'UNE FOIS !
JE !
T'AI !
DIT !
NON !
JE DEVRAIS PRENDRE UNE VIDÉO POUR POUVOIR L'UTILISER CONTRE LUI PLUS TARD.
GRRR
WHOOSH WHOOSH

ALLEZ, JAE-AH ! TU N'AS PAS À T'EN VOULOIR, ALORS N'ABANDONNE PAS TON RÊVE POUR CETTE FILLE !
DE QUOI TU PARLES ?
JE TE PARLE DE JIHYE.
C'EST REVENU !
ON DIRAIT QU'IL REFUSE DE CONTINUER À FAIRE DE LA MUSIQUE À CAUSE DE CETTE FILLE.
JE VIENS D'APPRENDRE QU'ELLE EST PARTIE À L'ÉTRANGER AVEC SON FIANCÉ. J'IMAGINE QUE TU N'ÉTAIS PAS AU COURANT ?
OH NON, ÇA A DE NOUVEAU DISPARU !

ALLEZ, VIENS, ON RENTRE.
FWIP
JE VAIS T'AIDER À RÉALISER TON POTENTIEL.
TU COMPTES VRAIMENT ABANDONNER AUSSI FACILEMENT, JAE-AH ? PERDRE À LA FOIS TON AMOUR ET TON RÊVE ?
SI TU VIENS AVEC MOI UNE DERNIÈRE FOIS, JE TE PROMETS DE NE PLUS JAMAIS T'EMBÊTER AVEC LA MUSIQUE, D'ACCORD ?
ALLEZ, JAE-AH, S'IL TE PLAÎT !
SALLY'S
BAR À MUSIQUE
FFT
FFT

HEIN ?
C'ÉTAIT PAS TAECHUL QUI DEVAIT SE PRODUIRE ICI, CE SOIR ?!
BROUHAHA
BROUHAHA
BROUHAHA
C'EST QUI CE TYPE ?
JE L'AVAIS ENCORE JAMAIS VU.
BROUHAHA
BROUHAHA
BROUHAHA
C'EST SA TOUTE PREMIÈRE SCÈNE.
C'EST UN MOMENT IMPORTANT, ALORS MÊME SI TU ES UN PEU CINGLÉE, TÂCHE DE TE SOUVENIR DE CETTE JOURNÉE.
COMBIEN DE FOIS VAIS-JE DEVOIR TE RÉPÉTER QUE JE NE SUIS PAS FOLLE ?
Re... regarde, ça commence.
AUJOURD'HUI, TU M'AS DIT...

FFT
APRÈS ÇA, SON ALBUM NE DEVRAIT PLUS DISPARAÎTRE, PAS VRAI ?
JE DEVRAIS PRENDRE UNE PHOTO POUR MARQUER LE COUP.
This must be love
Woo Jae-ah
CLIC
FSSSS

FSS
QUOI ?? IL A DE NOUVEAU DISPARU !
OH NON ! ON M'AVAIT POURTANT AFFIRMÉ QU'IL AURAIT PLUS D'UNE HEURE DE RETARD...
HEIN ?
PFF !
PFFT
CETTE CHANSON EST PLUTÔT PAS MAL.

OH ! MAIS C'EST YANG TAECHUL !
QUOI ?!
YANG TAECHUL ?!
BROUHAHA
BROUHAHA
HÉ HÉ...
TEACHUL !
TEACHUL !
WOUHOU !
TEACHUL !
TEACHUL !
WOUHOU !
PFFT
...

FIOUT
OH NON ! MON TÉLÉPHONE S'EST ÉTEINT !
ARRÊTE DE MARMONNER DANS TON COIN.
GOOH
RAH... ON M'AVAIT DIT QU'IL SERAIT EN RETARD, ALORS J'AI RÉUSSI À LES CONVAINCRE DE PRENDRE JAE-AH À LA PLACE, MAIS MAINTENANT, TOUT EST RUINÉ.
C'EST QUI CE YANG TAECHUL ?

ATTENDS… NE ME DIS PAS QUE…
FWIP
EN 2019, YANG TAECHUL EST L'UN DES CHANTEURS LES PLUS ADMIRÉS ET RESPECTÉS PAR TOUTE L'INDUSTRIE MUSICALE.
SI NOUS SOMMES EN 1987 MAINTENANT, ÇA VEUT DIRE QUE J'ASSISTE À L'ÉMERGENCE DE SA CARRIÈRE MUSICALE.
ÇA FAIT UN MOMENT QUE TAECHUL LUI DEMANDE DE LUI ÉCRIRE UNE CHANSON, MAIS JAE-AH NE FAIT QUE REPORTER.
ZZZWING
LA CHANSON SERAIT RUINÉE SI TAECHUL LA CHANTAIT.
POURQUOI ? IL A QU'À LUI DIRE QU'IL A PAS ENVIE DE LE FAIRE.
C'EST SA FUTURE CHANSON PHARE…

DANS L'INDUSTRIE MUSICALE, QUICONQUE EST EN DÉSACCORD AVEC YANG TAECHUL EST PRESQUE TOUJOURS MIS À L'ÉCART.
IL A PAS LE CHOIX… IL VA FALLOIR QU'IL EN CRÉE UNE ENCORE MEILLEURE.
AUCUNE CHANSON NE PEUT SURPASSER CELLE-LÀ !
LOGES
This must be love
Du calme !
QU'EST-CE QUE VOUS FAITES ?
RENDEZ-LA-MOI !
This must be love
CETTE CHANSON SERAIT PARFAITE POUR MON PROCHAIN ALBUM.

DÉSOLÉ, MAIS JE NE PEUX PAS VOUS LA DONNER.
PARDON ?!
SI VOUS LA CHANTEZ, ÇA SONNERA UN PEU...
UN PEU QUOI ?!
CE QU'IL VEUT DIRE...
FWOOSH
C'EST QUE CETTE CHANSON EST UN PEU DÉMODÉE. CELLE QUI VOUS EST DESTINÉE EST BIEN MEILLEURE.
ust be love

C'EST VRAI, ÇA, JAE-AH ?
ÉVIDEMMENT ! C'EST ELLE QUI L'A COMPOSÉE.
FWIP
ELLE ME L'A FAIT ÉCOUTER ET JE PEUX VOUS DIRE QUE C'EST BIEN PLUS TENDANCE.
QUI ES-TU, AU JUSTE ?
JE N'AI ENCORE JAMAIS ENTENDU PARLER DE TOI.
PERMETTEZ-MOI DE VOUS LA PRÉSENTER. ELLE EST LA PLUS JEUNE AUTEURE-COMPOSITRICE À AVOIR INTÉGRÉ L'ÉCOLE DE MUSIQUE DE BERKLEE ET À AVOIR OBTENU SON DIPLÔME EN UN AN.
ELLE EST RÉCEMMENT ARRIVÉE EN CORÉE POUR REDYNAMISER NOTRE INDUSTRIE MUSICALE !
CE SERA ELLE QUI COMPOSERA NOTRE PROCHAIN HYMNE NATIONAL.

VOUS AVEZ DEVANT VOUS LA MEILLEURE COMPOSITRICE EN DEVENIR DE CE PAYS.
AHEM...
ALORS QU'ATTENDONS-NOUS ? FAITES-MOI ÉCOUTER CETTE CHANSON.
AH...
C'EST QUE...
JE PENSE QU'ELLE EST ENCORE UN PEU EN DÉCALAGE HORAIRE, ET LA CHANSON NÉCESSITE ENCORE QUELQUES FINITIONS.
TU L'AS ENTENDUE, JAE-AH ?
NON.

MAIS...
ELLE A BEAUCOUP DE TALENT.
BABOUM
BABOUM
PAF
HMPF !
BIEN, VOUS AVEZ DIX JOURS.
VLAM

FIOU… J'AI BIEN CRU QU'ON ALLAIT Y PASSER.
ON A DONC DIX JOURS POUR ÉCRIRE UNE NOUVELLE CHANSON À YANG TAECHUL.
SCRIT
UNE DES PIÈCES EST COMPLÈTEMENT ENDOMMAGÉE. J'AI PASSÉ COMMANDE, MAIS JE NE LA RECEVRAI PAS AVANT UNE VINGTAINE DE JOURS.
AAH ! JE NE SERAI TOUJOURS PAS RENTRÉE D'ICI LÀ !
OUIN !
CRASH

COMMENT SUIS-JE CENSÉE ÉCRIRE UNE CHANSON DANS UN DÉLAI AUSSI SERRÉ ?
TAP
TAP
OH ! MAIS C'EST "THIS MUST BE LOVE" !
TADADAC
ZIEUT

OUAH...
CE SERAIT VRAIMENT DU GÂCHIS DE DONNER CETTE CHANSON À YANG TAECHUL.
FSSS
FLAP
PAF

AAAAH !
c'est quoi ce caleçon dégoûtant ?!
QU'EST-CE QUE TU FAIS LÀ-BAS ?
VIENS !

NE RESTE PAS PLANTÉE LÀ, VIENS T'ASSEOIR.
D... D'ACCORD !
BABOUM
BABOUM
BEURK !
FWIP

BABOUM BABOUM
QU'EST-CE QUI SE PASSE AVEC MON CŒUR ? IL BAT DRÔLEMENT VITE...
JE SUIS DÉSOLÉE, TOUT EST DE MA FAUTE.
MAIS TA CHANSON EST TROP BELLE POUR LA DONNER À TAECHUL.
C'EST RIEN, T'INQUIÈTE. IL FALLAIT BIEN QUE JE M'Y METTE UN JOUR OU L'AUTRE.
LE PROBLÈME, C'EST QU'IL Y A RIEN QUI ME VIENT.
JE NE PENSE PAS QU'IL ATTENDE QUOI QUE CE SOIT EN PARTICULIER, TU N'AS QU'À SUIVRE TON INSTINCT.
Tu es un génie, après tout.

EXACTEMENT. N'IMPORTE QUOI FERAIT L'AFFAIRE…
MAIS J'AI AUCUNE INSPIRATION.
EST-CE QU'UN GÉNIE EST INCAPABLE DE COMPOSER À NOUVEAU S'IL PERD SON INSPIRATION ?
…
NE T'EN FAIS PAS ! JE M'EN OCCUPE !
COMMENT ?
FAIS-MOI CONFIANCE !

HEIN ?
UNE FOIS ENCORE, TU RISQUES DE PAS ME CROIRE, MAIS JE SUIS CHANTEUSE-COMPOSITRICE.
AH... JE VOIS.
TU AS DE QUOI ÉCRIRE ?
TIENS.
NON, C'EST POUR TOI. JE VAIS TE CHANTER UNE CHANSON, ET TOI TU L'ÉCRIRAS.
ÇA DEVRAIT PAS POSER PROBLÈME PUISQU'ON EST DANS LE PASSÉ.
INTERNET N'EXISTE PAS ENCORE, ET PUIS, CETTE CHANSON APPARTIENDRA À YANG TAECHUL.
TOUT, IL FAUDRAIT TOUT OUBLIER...

*NDE : ANGÈLE et ROMÉO ELVIS, *Tout oublier* – Album : *Brol*, 2018.

BIEN SÛR QUE OUI !
TU ME DÉÇOIS... TU ES CENSÉ ÊTRE UNE LÉGENDE DE LA MUSIQUE.
CETTE CHANSON EST SUPER POPULAIRE D'OÙ JE VIENS.
...?!
ATTENDS... TU VOULAIS QUE JE PLAGIE LA CHANSON DE QUELQU'UN D'AUTRE ?
TECHNIQUEMENT, C'EST PAS DU PLAGIAT PUISQUE LA CHANSON...
N'A PAS ENCORE ÉTÉ INVENTÉE.
FWIP
FWIP
LAISSE TOMBER. JE REFUSE DE VOLER LE TRAVAIL D'UN AUTRE ARTISTE.
CE SERAIT TELLEMENT PLUS SIMPLE, TU SAIS...

SI RIEN D'AUTRE NE FONCTIONNE, JE LUI DONNERAI MA CHANSON, TANT PIS.
DIS PAS ÇA ! TOUT SAUF CETTE CHANSON, D'ACCORD ?!
ON PEUT EN DISCUTER CALMEMENT, TE BRAQUE PAS.
JE VEUX JUSTE T'AIDER, C'EST TOUT.
...
TU T'Y PRENDS COMMENT D'HABITUDE POUR ÉCRIRE DES CHANSONS ?
...

J'AI DIT QUELQUE CHOSE DE MAL ?
L'ALBUM DE JAE-AH RACONTAIT ENTIÈREMENT SON HISTOIRE AVEC CETTE FILLE, DEPUIS LEUR PREMIÈRE RENCONTRE JUSQU'À LEURS ADIEUX.
IL DOIT BIEN Y AVOIR UNE SOLUTION.
JE VIENS D'AVOIR UNE SUPER IDÉE.
HEIN ?
HI HI !

ALORS…
C'EST ICI QUE VOUS VOUS ÊTES RENCONTRÉS ?
FWIP
FWIP
ÉCOLE PRIMAIRE
CET ENDROIT DOIT AVOIR DE L'IMPORTANCE POUR TOI.

SALUT...
JE PEUX JOUER AVEC TOI ?
O... OUI.
HA HA HA !
HA HA HA !

ALORS ?
EST-CE QU'ÊTRE ICI TE DONNE DES IDÉES ?
NON.
NE BAISSE PAS LES BRAS, ON COMMENCE À PEINE.
ALLONS AU CAFÉ OÙ TU L'AS REVUE LORSQUE VOUS ÉTIEZ ÉTUDIANTS.

LA JEUNE DEMOISELLE M'A DEMANDÉ DE TE DONNER ÇA.
FFT
Tu te souviens des châteaux de sable qu'on construisait ensemble ?

ET LÀ ?
APRÈS TOUT,
C'EST ICI QUE
VOUS ÊTES TOMBÉS
AMOUREUX.

TU RESSENS SÛREMENT PLUS D'ÉMOTIONS ICI, NON ?
NON, C'EST PAREIL. ALLONS-NOUS-EN.
TOUJOURS PAS ?
À bientôt !
Au revoir !
MERCI, AU REVOIR.
JE PENSE QU'ON PEUT ARRÊTER, ÇA FONCTIONNERA PAS.
MAIS NON, IL RESTE ENCORE…

VOTRE PREMIER BAISER !
ON EST PAS ALLÉS VOIR L'ENDROIT OÙ VOUS VOUS ÊTES EMBRASSÉS POUR LA PREMIÈRE FOIS !
HMPF !
PAF
OUAH, CET ENDROIT EST MAGNIFIQUE !

MÊME SI TU N'AVAIS AUCUN SOUVENIR ICI, LES FLEURS DEVRAIENT SUFFIRE À T'INSPIRER.
JAE-AH !
JE TENAIS À TE REMERCIER.
POURQUOI ?
POUR M'AVOIR RAMENÉE CHEZ MOI.

HEIN ?
C'EST RIEN...
IL SE FAIT TARD, TU DEVRAIS VITE RENTRER.
JAE-AH...
FFT

OH !
!
HÉ HÉ !
ÇA A MARCHÉ ? TU AS L'AIR EN PLEINE RÉFLEXION !
TU N'AS JAMAIS...
ÉTÉ AMOUREUSE, AVOUE ?

!
OUIN...
COMMENT TU PEUX DIRE ÇA ?!
MON CONTRAT STIPULE QU'EN TANT QUE CHANTEUSE, J'AI PAS LE DROIT D'ÊTRE EN COUPLE.
DONC OUI, JE N'AI JAMAIS EU DE RELATION AMOUREUSE.
COMMENT TU AS DEVINÉ ?
SI TU AVAIS DÉJÀ ÉTÉ AMOUREUSE, TU NE M'AURAIS JAMAIS FAIT REVIVRE DES MOMENTS AUSSI DOULOUREUX.

TU M'EN VEUX ?
FWIP
J'AI FAIT ÇA POUR TOI.
JE VOULAIS JUSTE T'AIDER À RETROUVER L'INSPIRATION.
ATTENDS-MOI !
TU TROUVES PAS QUE TU DRAMATISES UN PEU TROP ?
SILVER ELECTRONICS
EH, MAIS ATTENDS-MOI !!
SILVER ELECTRONICS

SILVER ELECTRON
!
ZIEUT
MON WALKMAN...
!
LE VOILÀ !
HAA...
ILS EN ONT ENCORE POUR COMBIEN DE TEMPS ?
C'EST ELLE, OFFICIER ! ARRÊTEZ-LA !
!

QUI ? MOI ?!
IL Y A QUELQUES JOURS, ELLE N'ARRÊTAIT PAS DE HURLER DES CHOSES INSENSÉES. JE CRAINS VRAIMENT POUR MA SÉCURITÉ ET CELLES DES AUTRES.
POURRAIS-JE VOIR VOTRE CARTE D'IDENTITÉ, MADEMOISELLE ?
POURQUOI... ?

AH, TE VOILÀ ! LE DÎNER EST PRÊT.
LA FILLE N'EST PAS AVEC TOI ?
JE LUI AVAIS DEMANDÉ DE TE SURVEILLER !
HEIN ?!
ELLE ÉTAIT JUSTE DERRIÈRE MOI...
ELLE EST PEUT-ÊTRE RENTRÉE CHEZ ELLE ? TANT MIEUX, ELLE ÉTAIT UN PEU RELOUE.
ÇA M'ÉTONNERAIT.
ELLE A LAISSÉ SON MANTEAU ICI ET N'A TOUJOURS PAS RÉCUPÉRÉ SON WALKMAN.

JE PARS LA CHERCHER, ON SAIT JAMAIS.
FWIP
OUBLIE-LA ET VIENS MANGER PLUTÔT !
TADADAC
COMMISSARIAT
NOM ?
POURQUOI M'AVEZ-VOUS FAIT VENIR ICI ? JE N'AI RIEN FAIT DE MAL.

RÉPONDEZ AUX QUESTIONS !
CE N'EST VRAIMENT PAS JUSTE !
QUEL EST VOTRE NOM ?!
BAN HANA…
PAS COMME LE FRUIT. JUSTE BAN HANA.
NUMÉRO DE SÉCURITÉ SOCIALE ?
2 95 10…
95 ?!
2 95 10…
95 ?!
VOUS NE POUVEZ PAS ÊTRE NÉE EN 1995, MADEMOISELLE !
CALME-TOI, ELLE N'A PAS L'AIR D'AVOIR TOUTE SA TÊTE. JE PENSE QU'ON PEUT S'ARRÊTER ICI.
ELLE DIT QU'ELLE VIENT DU FUTUR.

JE NE SUIS PAS FOLLE !
JE PEUX LE PROUVER !
CECI EST UN SMARTPHONE. IL SERT À PASSER DES APPELS, PRENDRE DES PHOTOS ET MÊME ÉCOUTER DE LA MUSIQUE.
ÇA RESSEMBLE À UNE MINI-TÉLÉ…
TU VOIS BIEN QU'ELLE EST FOLLE !
ELECTRONICS
ILS ONT ARRÊTÉ LA DAME ?!
OUI. ILS SONT ARRIVÉS SUR PLACE EN UN RIEN DE TEMPS.
TV
RADIO
RÉPARATION
À DOMICILE
D'APRÈS MA MÈRE, LA POLICE ARRÊTE TOUTE PERSONNE SUSPECTE À CAUSE DES MANIFESTATIONS..
SÉRIEUX ?!
EH, LES FILLES !
AH !
EXCUSEZ-MOI DE VOUS DÉRANGER…
HUFF
HUFF

SAURIEZ-VOUS PAR OÙ EST PARTIE MON AMIE ?
HUFF
HUFF
BLING
ELLE EST AU COMMISSARIAT.
AU COMMISSARIAT ?!
TADADAC
CETTE DAME ME FAIT UN PEU DE PEINE.

CE N'EST PAS LA PEINE DE ME RACCOMPAGNER, JE SAURAI TROUVER MON CHEMIN.
COMMISSARIAT
MERCI POUR TOUT !
HÉ HÉ HÉ !
IL FAUT CROIRE QUE MON PORTABLE LES A ÉPATÉS !
CRIIII
GWIP
GWIP

QU'EST-CE QUE VOUS FAITES ?!
ALLEZ, AVANCE !
NE T'EN FAIS PAS, TU T'HABITUERAS TRÈS VITE À TA NOUVELLE MAISON.
FWOOP
FWOOP
JE NE SUIS PAS FOLLE, LAISSEZ-MOI TRANQUILLE !!

BON VOYAGE !
VLAM
JE VAIS TOUS VOUS TRAÎNER EN JUSTICE !
VROOOM
CE MÉTIER EST VRAIMENT ÉPROUVANT... JE N'AVAIS ENCORE JAMAIS VU UNE JEUNE FILLE AVEC AUTANT DE FORCE.
Soigne-toi bien.
ELLE EST COMPLÈTEMENT SIPHONNÉE !
TADADAC
VROOOM

JAE-AH...
AU SECOURS !
QUOI ?!

...!
À L'HÔPITAL PSYCHIA-TRIQUE ?!
OUI, JE L'AI VU SE FAIRE EMMENER EN AMBULANCE.
DONC J'AVAIS RAISON, ELLE A VRAIMENT UN PROBLÈME MENTAL.
WHOOSH
WHOOSH
OUI, MAIS ELLE A LAISSÉ TOUTES SES AFFAIRES CHEZ NOUS...
ON DEVRAIT ESSAYER DE LA CHERCHER, TU PENSES PAS ?
POUR QUOI FAIRE...?
LAISSE TOMBER, MANGEONS.
FFT
FWIP
J'AI PRÉPARÉ UN REPAS SPÉCIAL POUR T'AIDER À ÉCRIRE TA CHANSON.

DES POUSSES DE SOJA...
DU RIZ AUX POUSSES DE SOJA...
ET DE LA SOUPE AUX POUSSES DE SOJA !
RÉGALE-TOI !
JE ME SUIS DIT QUE COMME LE SOJA RESSEMBLE À DES NOTES DE MUSIQUE, ÇA DEVRAIT T'INSPIRER.
EUH...

HÔPITAL PSYCHIATRIQUE
BAM
BAM
BAM
QUITTE À M'EMMENER DE FORCE DANS UN HÔPITAL PSYCHIATRIQUE...
VOUS POURRIEZ AU MOINS ME LAISSER VOIR UN DOCTEUR !
FFT
IL VOUS DIRA QUE JE NE SUIS PAS FOLLE ET VOUS ME LAISSEREZ ENFIN TRANQUILLE !

UN JOUR, PASCALE M'A DIT...
QUE TOUS LES HUMAINS ONT UNE PART DE FOLIE EN EUX.
DONC, JE CRAINS QU'IL SOIT IMPOSSIBLE DE PROUVER QUE TU N'ES PAS FOLLE.
T'ES QUI D'ABORD ?!
MOI ?
PASCALE.
JE COMPRENDS MIEUX...
BLING
HAA...
POF
BON... JE FAIS QUOI, MAINTENANT ?

QU'EST-CE QUE TU RACONTES ? TU NE VIENS PAS DE NOTRE MONDE.
POF
IL TE SUFFIT JUSTE DE RENTRER CHEZ TOI, NON ?
!!
COMMENT ELLE A SU ? ELLE N'EST PEUT-ÊTRE PAS FOLLE, FINALEMENT.
SI TU PASSES UN MARCHÉ AVEC MOI, JE PEUX TE RENVOYER D'OÙ TU VIENS.
QUEL GENRE DE MARCHÉ ?
DONNE-MOI LES FOURNITURES QU'ON T'A DONNÉES AUJOURD'HUI. Y COMPRIS TA BLOUSE D'HÔPITAL.
AFFAIRES DE RAN HANA

N'Y PENSE MÊME PAS ! CETTE FILLE EST ICI POUR UNE RAISON.
TU AS TOI-MÊME VOYAGÉ DANS LE TEMPS... SERAIT-CE VRAIMENT SI ÉTRANGE DE RENCONTRER QUELQU'UN DOTÉ DE SUPER-POUVOIRS ?
TU PEUX VRAIMENT ME RENVOYER D'OÙ JE VIENS ?
HAA...
?
PAF
LES VÉRITÉS DE L'UNIVERS SONT TOUJOURS À PORTÉE DE MAIN. BÉNIS SOIENT CEUX QUI CROIENT. AMEN.
TIENS.
TU PEUX ME RENVOYER CHEZ MOI, MAINTENANT ?
...

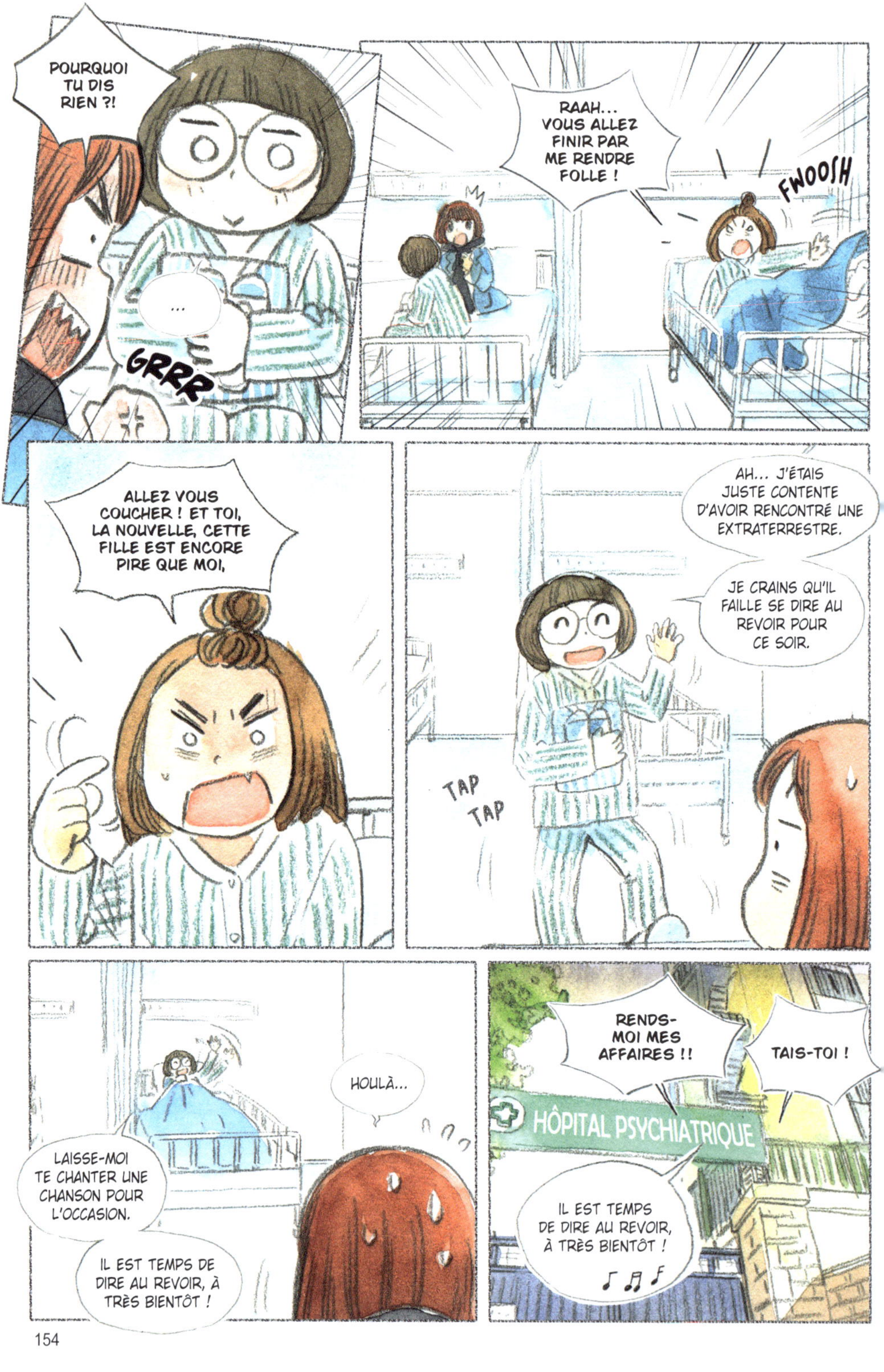
POURQUOI TU DIS RIEN ?!
...
GRRR
RAAH... VOUS ALLEZ FINIR PAR ME RENDRE FOLLE !
FWOOSH
ALLEZ VOUS COUCHER ! ET TOI, LA NOUVELLE, CETTE FILLE EST ENCORE PIRE QUE MOI.
AH... J'ÉTAIS JUSTE CONTENTE D'AVOIR RENCONTRÉ UNE EXTRATERRESTRE.
JE CRAINS QU'IL FAILLE SE DIRE AU REVOIR POUR CE SOIR.
TAP TAP
LAISSE-MOI TE CHANTER UNE CHANSON POUR L'OCCASION.
IL EST TEMPS DE DIRE AU REVOIR, À TRÈS BIENTÔT !
HOULÀ...
RENDS-MOI MES AFFAIRES !!
TAIS-TOI !
HÔPITAL PSYCHIATRIQUE
IL EST TEMPS DE DIRE AU REVOIR, À TRÈS BIENTÔT !

HÔPITAL PSYCHIATRIQUE
ZZ
JE SUIS REVENUE EN 1987 ET ME VOILÀ MAINTENANT ENFERMÉE DANS UN HÔPITAL PSYCHIATRIQUE.
LA SITUATION NE FAIT QU'EMPIRER.
ET ÇA M'ÉTONNERAIT QUE JAE-AH VIENNE ME SAUVER.

HÔPITAL PSYCHIATRIQUE
FFT
POP
HMM...
ILS NOUS FONT FAIRE DU TRAVAIL FORCÉ...
OH, UN CHOCOLAT !
AAH !

NE MANGE PAS ÇA !
GNIP
COMMENT TU VEUX QU'ON LA RETROUVE ALORS QU'ON CONNAÎT MÊME PAS SON NOM ? EN PLUS, ILS ONT DIT QU'ILS N'AVAIENT PAS REÇU DE NOUVEAU PATIENT.
JE SUIS CERTAIN QU'ELLE A ÉTÉ EMMENÉE ICI.
FFT
J'AIMERAIS TANT LE LUI REMETTRE.
SI C'EST SI IMPORTANT, ELLE VIENDRA LE CHERCHER ELLE-MÊME.
HAA...
BEEEH !

QU'EST-CE QUI T'A PRIS DE MANGER UN BOUT DE PLASTIQUE ?!
!
ELLE EST VRAIMENT LÀ !
BEEEH !
EMMENEZ-LA À L'INFIRMERIE !
HÔPITAL PSYCHIATRIQUE
FFT
FAUT ÊTRE DÉBILE POUR AVALER L'ŒIL D'UNE PELUCHE !
EXCUSEZ-MOI, DOCTEUR, NOUS SOUHAITERIONS PARLER À LA JEUNE FILLE QUI VIENT D'ENTRER ICI.

POURRIEZ-VOUS NOUS DONNER UN DROIT DE VISITE ?
JE SUIS DÉSOLÉ, MAIS LA POLITIQUE DE L'HÔPITAL NOUS INTERDIT DE DIVULGUER LES INFORMATIONS SUR LES PATIENTS.
POURRIEZ-VOUS AU MOINS LUI REMETTRE CECI ?
FFT
NOUS NE PERMETTONS PAS À NOS PATIENTS DE RECEVOIR DES CADEAUX.
MAINTENANT, SI VOUS VOULEZ BIEN M'EXCUSER...
C'EST PAS VRAI...!
FIOU
RENTRONS. TU AURAS TOUT ESSAYÉ.
QUE VEUX-TU FAIRE D'AUTRE ?

?
SUHO, REGARDE !
C'EST PEUT-ÊTRE NOTRE CHANCE !
TU RIGOLES, J'ESPÈRE ?
C'EST VRAIMENT NÉCESSAIRE D'ALLER AUSSI LOIN ?
ON EST PAS VENUS ICI POUR RIEN, ALORS AUTANT LUI DONNER LE WALKMAN ET PARTIR.
INFIRMERIE
ÇA VA MIEUX ?

LES CHOCOLATS DE LA TERRE ONT ESSAYÉ DE ME TUER...
CE N'ÉTAIT PAS DU CHOCOLAT !
FFT
QUE JE NE TE REVOIE PAS EN MANGER !
EXCUSEZ-MOI...
VOUS AVEZ REÇU UN COLIS.
PARDON ?

QUI AURAIT BIEN PU M'ENVOYER UN COLIS DANS UN HÔPITAL PSYCHIATRIQUE ??
HÉ HÉ...
FWIP
JAE-AH ?!
!
TAL PSYCHIATRIQUE

FRTT
FRTT
...
HI HI !
SWIP
SWIP
FRTT
FRTT
HAA...
JE QUITTERAI LA TERRE AVANT QU'ELLE NE M'ÉLIMINE !
FFT
Apparemment, ce modèle n'est plus fabriqué et ne pourra pas être réparé s'il tombe à nouveau en panne, alors prends-en soin.
Tu peux m'appeler au 02 00 00 00 00 si tu as le moindre problème et passe nous voir quand tu iras mieux.
Jae-ah
JE PENSAIS QU'IL FAUDRAIT PLUSIEURS JOURS POUR LE RÉPARER...
IL FAUT CROIRE QUE NON.

CE QUI COMPTE, C'EST QUE JE L'AI RÉCUPÉRÉ.
MAINTENANT, LA VRAIE QUESTION EST : COMMENT JE RENTRE CHEZ MOI ?
HAA...
CLIC
JA
GZZING
AH !

JE SAIS ! J'AVAIS APPUYÉ SUR CE BOUTON !
FWIP
CLIC
JA
GNNN !
OU PAS ?

CELUI-LÀ, PEUT-ÊTRE ?
CLIC
OU LUI ?!
CLIC
CLIC
CLIC
BAM
BAM
BAM
POURQUOI ÇA FONCTIONNE PAS ?! JE VEUX RENTRER CHEZ MOI !!
AH LÀ LÀ...
WIP
WIP

GZZING
!
WHOOSH
ÇA A MARCHÉ !

HÔPITAL DE SEOUL
MMM...
FWIP
ZZZ
UN ORDINATEUR...
SUNGKYU !

J... JE...
!
JE SUIS RENTRÉE !! YOUPIIII !!
T'ES ENFIN RÉVEILLÉE ?!
HEEEIN ?
OUI.
FFT

SALLE DE
CONSULTATION

HMM...

NOUS DEVRONS FAIRE DES EXAMENS PLUS APPROFONDIS, MAIS TOUT A L'AIR D'ALLER.

ELLE EST QUAND MÊME UN PEU BIZARRE…
PSST
ÇA ARRIVE SOUVENT QUE DES PATIENTS HURLENT "JE SUIS RENTRÉE" EN SORTANT DU COMA ?
JE T'ENTENDS, TU SAIS ?
JE N'AI JAMAIS RIEN LU À CE SUJET, MAIS SI ÇA VOUS INQUIÈTE…
HA HA HA !
JE VOUS RECOMMANDE DE LA SURVEILLER ET DE M'INFORMER AU MOINDRE PROBLÈME.
SI NÉCES-SAIRE, NOUS LA TRANSFÉRERONS AU SERVICE DE PSYCHIATRIE…

LE SERVICE DE PSYCHIATRIE ?!
BAM
JE NE SUIS PAS FOLLE…
VOUS M'ENTENDEZ ?!
OH…!
SERVICE VIP
ÇA ARRIVE QUE DES PATIENTS SE COMPORTENT BIZARREMENT À LEUR RÉVEIL. GARDEZ UN ŒIL SUR ELLE.
COMPRIS !

FWIP
JE SUIS HEUREUSE D'ÊTRE DE RETOUR, MAIS QU'EST-IL ARRIVÉ À JAE-AH ?
JAE-AH ?
WIP
WIP
OH... MON TÉLÉPHONE ! J'AI DÛ LE LAISSER LÀ-BAS.
DE QUOI EST-CE QUE TU PARLES ?
TU VAS ENCORE TOUT RACONTER AU DOCTEUR ? TU N'AS QU'À INFORMER TOUT INTERNET QUE J'AI PERDU LA TÊTE TANT QUE TU Y ES !
QU'EST-CE QUE TU RACONTES ?!
HEIN ?!

EN TANT QUE MANAGER, TA MISSION EST DE ME PROTÉGER. ET TOI, TU OSES AGIR COMME ÇA ET ESPÉRER ÊTRE PAYÉ QUAND MÊME ?!
JE SAIS QUE TU UTILISES LA CARTE DE L'ENTREPRISE POUR ACHETER DES SNACKS EN DISANT QUE C'EST POUR MOI.
YO YO
TU TROUVES ÇA DRÔLE ? MOI, ÇA ME FAIT PAS RIRE !
PFFF !
JE SUIS JUSTE SOULAGÉ DE VOIR QUE TU N'AS PAS CHANGÉ ET QUE TU VAS MIEUX.
HA HA !
QUOI ?
DONNE-MOI TON TÉLÉPHONE.
HÔPITAL DE SÉOUL

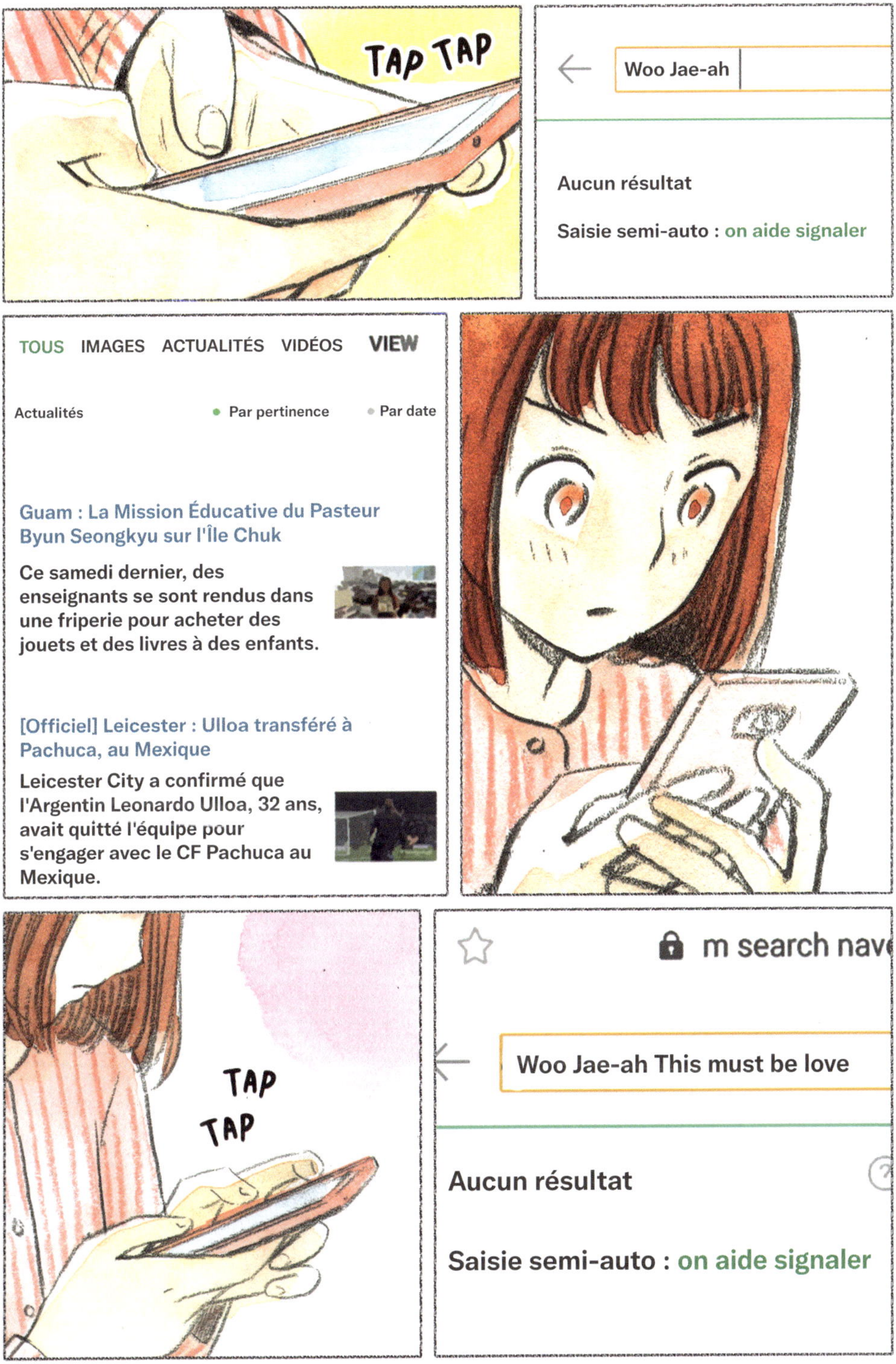
TAP TAP
Woo Jae-ah
Aucun résultat
Saisie semi-auto : on aide signaler
TOUS IMAGES ACTUALITÉS VIDÉOS VIEW
Actualités
Par pertinence
Par date
Guam : La Mission Éducative du Pasteur Byun Seongkyu sur l'Île Chuk
Ce samedi dernier, des enseignants se sont rendus dans une friperie pour acheter des jouets et des livres à des enfants.
[Officiel] Leicester : Ulloa transféré à Pachuca, au Mexique
Leicester City a confirmé que l'Argentin Leonardo Ulloa, 32 ans, avait quitté l'équipe pour s'engager avec le CF Pachuca au Mexique.
TAP
TAP
m search nav
Woo Jae-ah This must be love
Aucun résultat
Saisie semi-auto : on aide signaler

Woo Jae-ah This must be love
TOUS IMAGES ACTUALITÉS VIDÉOS
Essayez avec cette orthographe : Woo Yeah This must be love
Nous n'avons trouvé aucun résultat pour "Woo Jae-ah This must be love".
-Vérifiez que les mots sont correctement orthographiés.
-Essayez de réduire le nombre de mots dans votre recherche ou faites une nouvelle recherche.
TU TE SOUVIENS DE LA DERNIÈRE CHANSON QUE J'AI DIFFUSÉE EN DIRECT À LA RADIO LE JOUR DE L'ACCIDENT ?
CELLE DE PARK NAMJUNG ?
PARK NAMJUNG ?!
POURQUOI RESSENS-JE TANT TON ABSENCE ? POURQUOI NE ME REMARQUES-TU PAS ?
Ça te parle ?
FWOOP
FWOOP

TU DOIS SÛREMENT PAS CONNAÎTRE, ELLE EST SORTIE L'ANNÉE DE MA NAISSANCE.
TU ES NÉ EN 1987 ?!
JE SAIS, J'AI L'AIR JEUNE…
SE POURRAIT-IL QUE…
JE T'AVAIS DONNÉ DIX JOURS POUR ME DONNER UNE CHANSON !
TAECHUL A TUÉ JAE-AH ?! ET C'EST POUR ÇA QUE JAE-AH N'A JAMAIS PU DEVENIR CHANTEUR ?
AAAAH !
CLAC
BONJOUR, DIRECTEUR !
FWIP

*NDT : petit pain sucré garni d'un streusel croustillant à la cacahuète originaire de la ville de Daejeon, en Corée du Sud.

C'EST PAS COMME SI ON ÉTAIT EN 1987. ILS DOIVENT BIEN EN VENDRE DANS LE COIN.
FAIS CE QU'ELLE TE DEMANDE.
D'ACCORD !
TADADAC
LE MÉDECIN A DIT QUE TU N'AVAIS AUCUNE SÉQUELLE. TU TE SENS COMMENT ?
J'AI UNE QUESTION QUI RISQUE DE VOUS PARAÎTRE BIZARRE...
MAIS CONNAISSEZ-VOUS QUELQU'UN DU NOM DE WOO JAE-AH ?

COMMENT LE CONNAIS-TU ?
EH BIEN... J'AI REÇU UN WALKMAN DE LA PART D'UNE PERSONNE QUI SEMBLAIT ÊTRE UN FAN.
LES INITIALES "J.A." ÉTAIENT GRAVÉES DESSUS.
JA
ET LA CASSETTE PORTAIT ÉGALEMENT SON NOM.
OÙ EST LE WALKMAN, À PRÉSENT ?!

D'ABORD, DITES-MOI CE QUI LUI EST ARRIVÉ.
JAE-AH…
EST MORT.

BOULANGERIE-PÂTISSERIE
Auriez-vous du pain soboro ?
PAIN
Non, ils n'en vendent qu'à Daejeon.

MÊME AVANT QUE JE RETOURNE DANS LE PASSÉ, JAE-AH ÉTAIT CONNU COMME L'ARTISTE DE GÉNIE QUI ÉTAIT DÉCÉDÉ EN NE LAISSANT DERRIÈRE LUI QU'UN SEUL ALBUM.
MAIS S'IL N'EST JAMAIS DEVENU CHANTEUR ET N'A JAMAIS SORTI D'ALBUM,
ÇA SIGNIFIE QU'IL EST MORT AVANT MÊME D'AVOIR PU LE TERMINER.
ALORS, OÙ EST LE WALKMAN ?
JE SUPPOSE QU'IL A ÉTÉ DÉTRUIT LORS DE L'ACCIDENT.
FFT
CE QUI COMPTE, C'EST QUE TU TE RÉTABLISSES VITE, ALORS REPOSE-TOI BIEN. JE REPASSERAI BIENTÔT.

COMMENT EST-IL MORT ?
JE VEUX SAVOIR CE QUI S'EST PASSÉ.
BLING
UNE PROCHAINE FOIS PEUT-ÊTRE.
HÔPITAL DE SÉOUL

JA
EST-CE QUE TOUT ÇA…
EST DE MA FAUTE ?

HÔPITAL
DE SEOUL
MAIS IL A FALLU QUE TU DÉBARQUES DE NULLE PART ET QUE TU LE METTES EN RETARD !
C'EST DE MA FAUTE...?
TOUT...

OUAH...
SI TU AVAIS DÉJÀ ÉTÉ AMOUREUSE, TU NE M'AURAIS JAMAIS FAIT REVIVRE DES MOMENTS AUSSI DOULOUREUX.
ARGH...

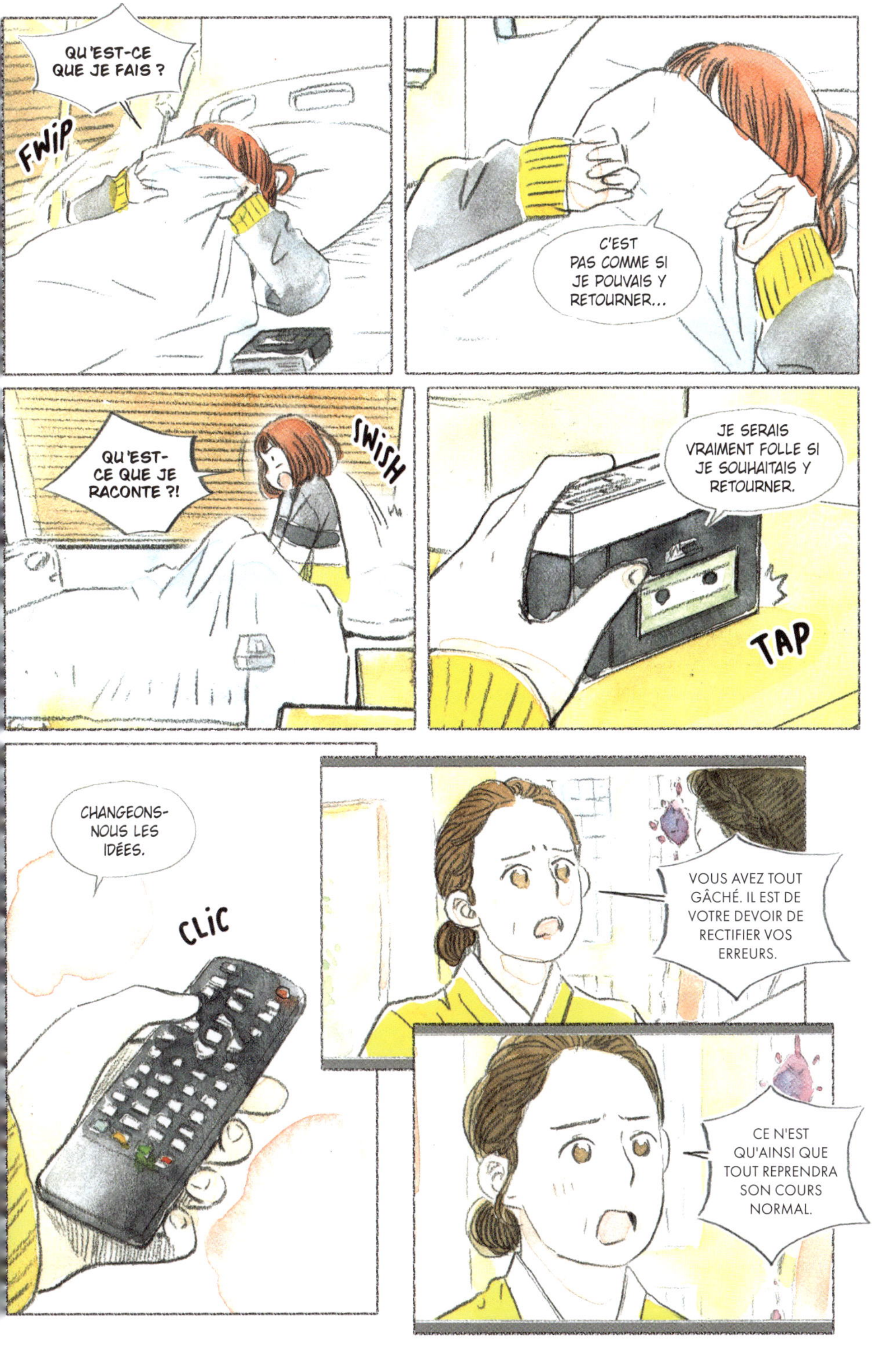
QU'EST-CE QUE JE FAIS ?
FWIP
C'EST PAS COMME SI JE POUVAIS Y RETOURNER...
QU'EST-CE QUE JE RACONTE ?!
SWISH
JE SERAIS VRAIMENT FOLLE SI JE SOUHAITAIS Y RETOURNER.
TAP
CHANGEONS-NOUS LES IDÉES.
CLIC
VOUS AVEZ TOUT GÂCHÉ. IL EST DE VOTRE DEVOIR DE RECTIFIER VOS ERREURS.
CE N'EST QU'AINSI QUE TOUT REPRENDRA SON COURS NORMAL.

QUELLE ÉTAIT LA PROBABILITÉ QUE JE TOMBE SUR CE GENRE DE SCÈNE ?
FFT
NIOM NIOM NIOM
ME DIS PAS QUE TU ES VRAIMENT ALLÉ JUSQU'À DAEJEON POUR ME LES ACHETER ?!
BIEN SÛR QUE NON. MA JOURNÉE DE BOULOT ÉTAIT FINIE, ALORS JE SUIS RENTRÉ CHEZ MOI.
JE M'ATTENDAIS À QUOI ?
POF

SI JE SUIS RASSASIÉE, J'AURAI SOMMEIL, ET EN DORMANT, JE POURRAI TOUT OUBLIER.
MIAM
JE PEUX EN AVOIR UN ?
NON. ILS ONT DEMANDÉ À CE QUE TU SOIS À JEUN POUR TES EXAMENS TOUT À L'HEURE.
HÉ HÉ !
QUEL DOMMAGE... JE T'EN AVAIS ACHETÉ TOUT UN TAS.

FFT
ÇA ALORS !
JE PENSAIS QU'ON L'AVAIT JETÉ SUITE À L'ACCIDENT.
NE TOUCHE PAS À ÇA !
C'EST UN FAN QUI TE L'A OFFERT, C'EST ÇA ?
comment ça marche ?
GRRR
JE T'AI DIT DE NE PAS Y TOUCHER !!

DONNE-LE-MOI.
GWIP
POURQUOI ? JE VOULAIS JUSTE LE REGARDER...
WHOOOOSH
RAH... POURQUOI A-T-IL FALLU QU'IL S'EN MÊLE ?!

PAF
BEUH…
FWIP
C'EST TROP DEMANDÉ D'AVOIR UN ATTERRISSAGE EN DOUCEUR ? ÇA FAIT UN MAL DE CHIEN !
Mon dos…

Je vais le tuer !
HEIN ?! QU'EST-CE QUE...
!
TU ES SORTIE DE L'HÔPITAL ?!
PAS DU TOUT, JE...
GRMPF !

ALORS POURQUOI ES-TU EN TENUE D'HÔPITAL ?
OCCUPE-TOI DE TES OIGNONS !
OÙ EST LE WALKMAN ? JE DOIS VITE RENTRER...
TU FAIS QUOI ?
BON SANG, IL EST PASSÉ OÙ ?!
!
TU L'AS ENCORE CASSÉ ?!
AS-TU LA MOINDRE IDÉE D'À QUEL POINT JAE-AH A GALÉRÉ À LE FAIRE RÉPARER ?!

NON...
IL EST ALLÉ DANS TOUS LES MAGASINS D'ÉLECTRONIQUE DE LA VILLE POUR TOI.
ET MAINTENANT, IL EST IRRÉPARABLE.
...!
JE SAIS QUE TU N'AS PAS TOUTE TA TÊTE, MAIS DE LÀ À FAIRE ÇA...
SNIF
OUIIIIIIN !
!

C'EST PAS LA FIN DU MONDE, TU PEUX TOUJOURS EN ACHETER UN NOUVEAU.
OUIIIN !
ARRÊTE DE PLEURER !
CE WALKMAN ÉTAIT MA CLÉ POUR VOYAGER DANS LE TEMPS !!
SANS LUI, JE NE POURRAI PLUS JAMAIS RENTRER CHEZ MOI !
OUIIIN !
OUIIIN !
C'EST REPARTI...
SNIF SNIF

...!
JAE-AH ! ELLE L'A JETÉ PAR TERRE ET L'A ENCORE CASSÉ.
JAE-AH...
C'EST PAS GRAVE. ON DEVRAIT POUVOIR LE RÉPARER.

SNIF
SNIF
JE SUIS TELLEMENT CONTENTE QU'IL SOIT EN VIE.
OUIIIN !
OUIIIN !
SI LE DESTIN PEUT ÊTRE CHANGÉ, PARVIENDRAI-JE À LUI SAUVER LA VIE ?
Comment je suis censé réparer ça ??
ARGH

QUEL SOULAGEMENT.
GNIP
!
POUR QUI TU TE PRENDS ?!
FIOUT
LÂCHE-LE TOUT DE SUITE !!
AAAH !
TU PEUX ARRÊTER, JE NE LE TOUCHE PLUS !
!
ATTENDS UNE SECONDE...

EN 2019, TU AS À PEU PRÈS...
ET SI ON SOUSTRAIT 25...
HEIN ?
GRML
POF
TU AS UN NOUVEL ÉPISODE PSYCHOTIQUE ?
SUHO...
GRRR
QU'EST-CE QUE J'AI FAIS ?
WHOOSH
TU AS CINQ ANS DE MOINS QUE MOI !
Je m'appelle Hana !
TU FERAIS MIEUX DE ME TRAITER AVEC RESPECT ET DE M'APPELER PAR MON NOM AU LIEU DE DIRE "EH, TOI !" À TOUT BOUT DE CHAMP !
ALORS TU T'APPELLES HANA ?

OUAIS, BAN HANA.
BEURK !
HI HI !
SI TU ES UNE BANANE, ALORS JE SUIS UNE PASTÈQUE ET JAE-AH UNE ORANGE. DANS QUEL MONDE TU VIS ?
T'ES PAS UNE PASTÈQUE, JUSTE UNE TÊTE DE GLAND !
CLAP
FFT
JE VAIS ESSAYER DE LE RÉPARER.

JE SAIS PAS SI J'Y ARRIVERAI, MAIS J'ESSAIERAI.
JAE-AH !
SALUT !

QUELQU'UN TE DEMANDE.
DU DUM
LES SERVICES SECRETS ?!
ON A RIEN FAIT DE MAL...
NON, NON, VOUS FAITES ERREUR. C'EST TAECHUL QUI M'ENVOIE.
ON Y VA, MEC ?
L'habit ne fait pas le moine...

ON Y VA, NOUS AUSSI ?
D'ACCORD !
TAP
MINUTE, PAPILLON.

QU'EST-CE QU'IL Y A, SŒURETTE ?
C'EST QUI CETTE FILLE ?! LA COPINE DE JAE-AH ?
HEIN ? MAIS NON !
SALE PETIT MORVEUX !
TCHAC
QU'EST-CE QUE J'AI FAIT POUR MÉRITER ÇA ?!

TU DEVRAIS ÉTUDIER AU LIEU DE RAMENER DES FILLES À LA MAISON !!
JE L'AI PAS RAMENÉE ICI !
TSS !
Dites-moi que je rêve ?
C'EST JAE-AH ! IL L'A AMENÉE ICI PARCE QU'ELLE N'AVAIT NULLE PART OÙ ALLER !
AAAH !
...!
ZIEUT
TU ES MALADE ? ÇA NE VA PAS ?
MOI ? NON NON, ÇA VA TRÈS BIEN.

ALORS POURQUOI EST-CE QUE TU PORTES UNE TELLE TENUE ?
ELLE PEUT PARLER...
BON... ÉTANT DONNÉ QUE JAE-AH T'A AMENÉE ICI, JE PEUX PAS TE METTRE À LA PORTE, MAIS JE PEUX PAS NON PLUS TE PERMETTRE DE RESTER ICI GRATUITEMENT.
JE TE PAIERAI UN EURO PAR JOUR POUR SERVIR DES TABLES DANS MON RESTAURANT. MAIS SI TU SOUHAITES ÉGALEMENT DORMIR ET MANGER ICI, TU RECEVRAS 70 CENTIMES.
POURQUOI JE DEVRAIS FAIRE ÇA, D'ABORD ?
SI TU VEUX PAS, T'AS QU'À PARTIR. C'EST CHEZ MOI ICI.

C'EST MA SŒUR AÎNÉE. C'EST À ELLE QU'APPARTIENT L'APPARTEMENT AINSI QUE LE RESTAURANT EN BAS.
SWISH
C'EST DONC LA PROPRIÉTAIRE…
JE VAIS Y RÉFLÉCHIR…
GRML GRML
MAIS J'Y PENSE… JAE-AH !!
TADADAC

HAA... PAR OÙ EST-IL PARTI ?!
FWIP
FWIP
PLOUF
FFT
TU SAIS OÙ SE TROUVE LE STUDIO DE TAECHUL ?
JE DOIS FAIRE LE MÉNAGE COMPLET DU RESTAURANT PAR TA FAUTE ! NE T'AVISE PAS DE T'ENFUIR, TU M'ENTENDS ?!

DANS LE BÂTIMENT EULJI, STUDIO N°1607.
JAE-AH EST MORT.
TAECHUL POURRAIT S'EN PRENDRE À JAE-AH S'IL NE LUI DONNE PAS DE CHANSON. IL N'Y A PAS DE TEMPS À PERDRE !
TU PENSES... ?
TU PEUX ME PRÊTER DE L'ARGENT POUR LE TAXI ?
HEIN ?! TU PEUX TRÈS BIEN Y ALLER EN BUS.
Je suis fauché, moi aussi.

BRR BRR
C'EST UN PRÊT, TU AS INTÉRÊT À ME RENDRE CET ARGENT.
PROMIS !
BRR BRR
TU DEVRAIS PEUT-ÊTRE TE CHANGER AVANT D'Y ALLER, NON ?
OH !
CLAC
TAXI

TAXI
AMENEZ-MOI AU BÂTIMENT EULJI LE PLUS VITE POSSIBLE, S'IL VOUS PLAÎT.
OUI, M'DAME.
VROOOM
TAXI
VOUS ALLEZ À EULJIRO ?
BIEN SÛR, MONTEZ.
CRIiii
TAXI
EH ! VOUS NE POUVEZ PAS PRENDRE D'AUTRES PASSAGERS TANT QUE JE NE SUIS PAS DESCENDUE !
ÇA VA, C'EST SUR LE CHEMIN.
VROOOM
TAXI
CENTRE COMMERCIAL D'EULJIRO, S'IL VOUS PLAÎT !
MONTEZ.
CRIiii
TAXI
VROOOM
TAXI

EULJIRO ?
VOUS VOUS ÊTES DONNÉ LE MOT, MA PAROLE !
CRiii
EH ! POURQUOI CONTINUEZ-VOUS À PRENDRE DES PASSAGERS SANS MON ACCORD ?!
JE N'EN PRENDRAI PLUS, PROMIS.
ÉVIDEMMENT, IL N'Y A PLUS DE PLACE !
CETTE FILLE EST BIZARRE.
CETTE FILLE EST BIZARRE.
CETTE FILLE EST BIZARRE.
CETTE FILLE EST BIZARRE.

JAE-AH !
JAE-AH !
C'EST BIEN LÀ !
TAE CHUL MUSIC
JAE-AH, TU ES LÀ ?!
VLAM
!
QU'AVEZ-VOUS FAIT DE JAE-AH ?

OH, MAIS C'EST LA COMPOSITRICE DE GÉNIE ?
RÉPONDEZ-MOI ! OÙ EST-IL ?
DERRIÈRE LA PORTE.
COMMENT ?
HEIN ?

PLIC
DU... DU SANG !!
Je vais porter plainte !
VOUS L'AVEZ FRAPPÉ ?! COMMENT OSEZ-VOUS ?!
Pardon... ?

QU'EST-CE QUE VOUS LUI AVEZ FAIT ?!
FIOUT
VOUS N'AVEZ PAS LE DROIT DE VOUS EN PRENDRE À LUI COMME ÇA !
JE N'Y SUIS POUR RIEN...

COMMENT ÇA ? ÇA ME SEMBLE POURTANT ÉVIDENT !
SBAF
C'EST TOI QUI LUI AS CLAQUÉ LA PORTE AU NEZ ET QUI L'AS FAIT SAIGNER
FRTT
FFT

TU SAIGNES BEAUCOUP... J'ESPÈRE QUE TU N'AS RIEN DE CASSÉ.
Prends ça.
OUIN !
OUIN !
JE VAIS BIEN, T'INQUIÈTE. ALLONS-Y.
VOUS AVEZ FINI DE DISCUTER ?
SNIF
UN INSTANT, MADEMOISELLE. JE N'EN AI PAS ENCORE FINI AVEC TOI. JE T'AVAIS ACCORDÉ DIX JOURS POUR COMPOSER UNE CHANSON. OÙ EST-ELLE ?
C'EST À DIRE QUE...

PEU IMPORTE, JE N'EN AI PLUS BESOIN. MA CHANSON TITRE VIENT D'ÊTRE DÉCIDÉE.
FFT
JAE-AH M'A DIT QU'IL COMPTAIT ARRÊTER LA MUSIQUE.
ÇA NE CHANGERA RIEN À MA VIE, MAIS JE TROUVE REGRETTABLE QUE L'INDUSTRIE MUSICALE CORÉENNE PERDE UN TALENT COMME LE SIEN.
AU MOINS, SI JE CHANTE UNE DE SES CHANSONS, IL TOUCHERA DES DROITS D'AUTEURS À VIE.
NON !!
QUOI ?
VOUS NE DEVRIEZ PAS.
LA CHANSON QUE J'AI PRÉPARÉE EST BIEN MEILLEURE.

À VRAI DIRE... JE L'AI OUBLIÉE CHEZ MOI.
ALORS DONNE-MOI LA CASSETTE DE DÉMONSTRATION.
MAIS JE POURRAIS VOUS LA CHANTER ?
A CAPELLA ?

OUI...
TRÈS BIEN, JE T'ÉCOUTE.
QU'EST-CE QUE JE POURRAIS BIEN LUI CHANTER ?
J'AI QUE DES NOMS D'ARTISTES EN TÊTE, AUCUNE MÉLODIE...!
HAA... LA SEULE QUI ME VIENT À L'ESPRIT EST CELLE QUE J'AI CHANTÉE À JAE-AH.
ATTENDS... TU VOULAIS QUE JE PLAGIE LA CHANSON DE QUELQU'UN D'AUTRE ?

ARF...
TANT PIS. JE M'OCCUPERAI DE JAE-AH PLUS TARD.
AVANT TOI, JE N'AVAIS RIEN... AVANT TOI, ON N'M'A PAS MONTRÉ LE CHEMIN...
!

*NDE : VITAA et SLIMANE, *Avant toi* – Album : *VersuS*, 2019.

ÇA LUI A PLU ?!
C'EST UN PEU BIZARRE, NON ?
PAF
HA HA… SI ON VEUT. C'EST UN NOUVEAU GENRE QUI FAIT UN CARTON EN EUROPE MAIS QUI N'EST PAS ENCORE ARRIVÉ CHEZ NOUS.
NOUVEAU GENRE ?
HMM… COMMENT DIRE…

LA K-POP EST EN TRAIN DE SE RÉPANDRE À TRAVERS LE MONDE…
ET POUR ATTEINDRE UN PUBLIC INTERNATIONAL, IL EST IMPORTANT D'EXPÉRIMENTER AVEC DES GENRES CONNUS MONDIALEMENT.
K-POP
FWOOSH
J'EXPLORAIS QUELQUE CHOSE DE DIFFÉRENT…
JE TROUVE QUAND MÊME ÇA BIZARRE. TU ES SÛRE QUE ÇA PLAIRA ?
AHEM…
FFT
COMME JE VOUS L'AI DÉJÀ DIT…
VOUS POUVEZ PRENDRE MA CHANSON.

ALLONS-Y.
ATTENDEZ !
FWIP
HAA… CE SERAIT QUAND MÊME DOMMAGE DE LAISSER UN TEL POTENTIEL SE PERDRE.
HMMM…
COMMENT ÇA ?

JE PENSE QU'IL SUFFIT JUSTE DE MODIFIER UN PEU LA MÉLODIE ET DE LA CHANTER DE CETTE MANIÈRE...
comme ça !
SWISH
SWISH
JE PENSE QUE MON PROBLÈME ÉTAIT DÛ AU FAIT QUE C'ÉTAIT TOI QUI LA CHANTAIS.
HU HU HU HU...
PARDON ?
HEIN ?
ALORS VOUS LA PRENEZ ?
J'AI FINI DEUXIÈME DANS UN CONCOURS DE CHANT ET J'AI SORTI TROIS ALBUMS, MAIS BON...

JE VAIS EN DISCUTER AVEC MON ÉQUIPE ET VOUS TIENDRAI INFORMÉ DE LA SUITE.
MAINTENANT, QUE DIRIEZ-VOUS D'ALLER MANGER UN BOUT ENSEMBLE ?
ÇA IRA, MERCI.
GRMBL
TU AS FAIM ? TU VEUX QU'ON AILLE MANGER QUELQUE PART ?
IL EST QUELLE HEURE ?

20H25.
HAA... J'AI PAS LE DROIT DE MANGER PASSÉ 18 HEURES.
POURQUOI ?
La popularité de Ban Han en chute libre suite à sa prise de poids.
Célébrités
Double menton et poignées d'amour : photos exclusives de Ban Hana en maillot de bain.
Ban Hana est anxieuse à l'idée de remonter sur scène après avoir pris quelques rondeurs.
JE NE DOIS SURTOUT PAS PRENDRE DE POIDS !
SINON, TOUT LE MONDE RECOMMENCERA À ME CRITIQUER.
AAAH !

TU SAIS QUOI ? JE M'EN FICHE.
GNIP
ON EST EN 1987 APRÈS TOUT, NON ?
TU CONNAIS UN BON RESTAURANT ? J'AI ENVIE DE MANGER ÉPICÉ.
JE DOIS ADMETTRE QUE JE SUIS SOULAGÉE QUE LES SMARTPHONES N'EXISTENT PAS ENCORE.

S'ILS EXISTAIENT, ON AURAIT SÛREMENT EU DES CENTAINES D'APPELS MANQUÉS DE LA PART DE SUHO.
UN SMARTPHONE ? C'EST QUOI ?
UN TÉLÉPHONE PORTABLE.
BONJOUR, JE SUIS UNE BANANE !
BROUHAHA
...

TU AS DÉJÀ DONNÉ TA DÉMO À TAECHUL, OU PAS ENCORE ?
PAS ENCORE, NON.
DANS CE CAS, TU VEUX BIEN LA CHANTER TOI-MÊME ?
JE COMPRENDS QUE TU SOIS TENTÉ DE TOUT ABANDONNER…
MAIS J'AIMERAIS VRAIMENT QUE LA CHANSON FIGURE SUR TON PROPRE ALBUM.
PERSONNE NE VOUDRA JAMAIS PRODUIRE MON ALBUM.
ET SI JE TE DISAIS QUE TU AVAIS TORT ?!

SWISH
J'AI DIT QUELQUE CHOSE QU'IL NE FALLAIT PAS ?
D'ACCORD.
...!
PFFT
J'ESSAIERAI. MAIS PERSONNE NE M'AIDERA, ALORS NE TE FAIS PAS DE FAUX ESPOIRS.
Tu veux quoi ?
C'est tellement pas cher...

Quel temps de rêve !
UN MACARON, UNE GAUFRE…
UN SCONE, DU CHOCOLAT, DU PUDDING…
FWIP
TU FAIS UNE INCANTATION ?

MAINTENANT QUE JE M'AUTORISE DE NOUVEAU À MANGER, JE RÊVE DE MANGER UN TAS DE GÂTEAUX.
Tu m'as fait peur !
JE CONNAIS PAS CES GÂTEAUX, EN REVANCHE JE SAIS QUE SI TU VEUX POUVOIR T'EN ACHETER, IL TE FAUT DE L'ARGENT, ET POUR AVOIR DE L'ARGENT, TU DOIS TRAVAILLER.
D'AUTANT QUE TU ME DOIS TOUJOURS L'ARGENT DU TAXI.
!
JAE-AH EST À L'INTÉRIEUR ?
NON ! ATTENDS !

TU NE PEUX PAS ENTRER.
POURQUOI ?
FWOOSH
FAIS MOINS DE BRUIT, JAE-AH EST EN TRAIN DE COMPOSER UNE CHANSON.
PSST PSST
SÉRIEUX ?!

SCRTT
SCRTT
C'EST GÉNIAL !

COMMENT TU L'AS CONVAINCU ?
MOINS FORT !
ALLONS LÀ-BAS POUR NE PAS LE DÉRANGER.
TAP
TAP
ET SI JE TE DISAIS QUE TU AVAIS TORT ?!
D'ACCORD, J'ESSAIERAI. MAIS PERSONNE NE M'AIDERA, ALORS NE TE FAIS PAS DE FAUX ESPOIRS.

J'AI DÉJÀ TROUVÉ QUELQU'UN !
C'EST COMPLÈTEMENT FAUX...
QU'EST-CE QUE T'AS ENCORE INVENTÉ ?
RIEN DU TOUT...
WIP WIP
ÇA COÛTE COMBIEN DE PRODUIRE UN ALBUM ICI ?
HAA...

NE ME DIS PAS QUE...
TU AS DIT À JAE-AH QUE TU ALLAIS PRODUIRE SON ALBUM ?!
BON SANG...
IL FAUT PAS MOINS DE 6 700 € !!
JE TE PAIERAI UN EURO PAR JOUR POUR SERVIR DES TABLES DANS MON RESTAURANT. MAIS SI TU SOUHAITES ÉGALEMENT DORMIR ET MANGER ICI, TU RECEVRAS 70 CENTIMES.
J'AI BESOIN DE 6 700 €...
TU AS UNE TELLE SOMME D'ARGENT, AU MOINS ?
BIEN SÛR QUE NON, PAS ICI.
WIP
WIP

ET TOI, ALORS ?
SI J'AVAIS CET ARGENT, JE LUI AURAIS DÉJÀ PAYÉ SON ALBUM DEPUIS BELLE LURETTE !!!
HEIN ? TU VAS OÙ ?!
FWIP
IL FAUT QUE J'AILLE EN COURS, JE SUIS DÉJÀ À LA BOURRE.

AH, TIENS ! ÇA VIENT DE ME DONNER UNE IDÉE…
C'EST QUOI ?
C'EST QUOI ?
C'EST QUOI ?
ON A BESOIN D'UN INVESTISSEUR, ET JUSTEMENT, IL Y A UN MEC SUPER RICHE DANS MON ÉCOLE.
S'IL ENTEND JAE-AH, JE SUIS PERSUADÉ QU'IL ACCEPTERA DE FINANCER SON ALBUM.
ÇA MARCHERA PAS… JE LUI AI DIT QUE J'AVAIS DÉJÀ TROUVÉ QUELQU'UN, SAUF QU'ON NE SAIT PAS SI CE TYPE ACCEPTERA.
ON NE PEUT PAS LUI DEMANDER DE JOUER DEVANT LUI.
HAA…

HMM...
DANS CE CAS, ON
A QU'À FAIRE ÇA...
?
ARRÊT
DE BUS
PSST PSST
PSST PSST
!

POURQUOI TU VOULAIS M'EMPRUNTER MA GUITARE ?
J'EN AI BESOIN.
TU VEUX QUE JE LA PORTE POUR TOI ?
ÇA VA, MERCI.
ET DU COUP, TU VAS OÙ ?
OH !

ARRÊT
DE BUS
LE BUS EST LÀ !
OH ! MAIS C'EST LA FILLE BIZARRE DE LA DERNIÈRE FOIS !
TU AS DE QUOI PAYER, AUJOURD'HUI ?
AH… EUH…
DEUX PERSONNES, S'IL VOUS PLAÎT.
시내버스

ET CETTE FILLE EST TOUT SAUF BIZARRE, MONSIEUR.
AH… PARDON.
ALLONS-Y.
D… D'ACCORD…
VROOM
Haa…
HAA…
JE PEUX RIEN FAIRE SANS ARGENT.
ÇA ME SAOULE !

OUAH !
Y'A UN DE CES
MONDES !

ZIEUT
ZIEUT
OÙ PEUT BIEN ÊTRE SUHO ?
TU CHERCHES QUELQU'UN ?
AH, NON ! J'AI ENTENDU DIRE QUE BEAUCOUP DE GENS VENAIENT CHANTER ICI, ALORS JE VOULAIS VENIR JETER UN COUP D'OEIL.
TU VEUX QUE JE TE MONTRE OÙ C'EST ?
OH OUI !

C'EST JUSTE ICI !

OUAH ! C'EST INCROYABLE !!
FWIP
FWIP
VOILÀ SUHO.
AUTANT SE RAPPROCHER DE LA FOULE, TU PENSES PAS ?

C'EST MIEUX ICI. ON ENTEND TOUTES LES MUSIQUES SE MÉLANGER.
J'ADORE VOIR TANT DE GENS PARTAGER LA MÊME PASSION. ÇA ME MOTIVE À TRAVAILLER ENCORE PLUS DUR.
FFT
DANS CE CAS, JOINS-TOI À EUX. JE VEUX BIEN TE PRÊTER LA GUITARE.
EUH... C'EST MA GUITARE.
ÇA IRA, J'AI PAS BESOIN DE CHANTER.

J'AI PAS BEAUCOUP DE TEMPS. TU VOULAIS ME MONTRER QUOI ?
ÇA VA BIENTÔT COMMENCER.
DÉPÊCHE-TOI !
ALLEZ ! SINON ON RISQUE DE S'ENNUYER. ON A QU'À CHANTER À TOUR DE RÔLE ?
SI TU AS PEUR DE T'ENNUYER, ON PEUT ALLER AU RESTAURANT.

NOOOON !
SINON ON JOUE À PIERRE-PAPIER-CISEAUX ET LE PERDANT DOIT CHANTER UNE CHANSON.
HEIN ?
ATTENDS...
TU VAS OÙ ?!
TADADAC
OÙ IL VA, COMME ÇA ?!

EXCUSE-MOI...
OH...

JIHYE ?!
L'EX-COPINE DE JAE-AH…
ELLE, ICI ?
POPEYE
POPEYE
À suivre…